ちくま文庫

古城秘話

南條範夫

筑摩書房

古城秘話【目次】

附　江戸城論

古城秘話

松前城
久保田城
鶴ケ岡城
米沢城
七尾城
若松城
金沢城
富山城
福井城
宇都宮城
稲葉山城
岩村城
犬山城
江戸城
小田原城
名古屋城
津城
郡山城

本書に登場する城

鹿児島城の隠密

鹿児島城本丸御殿の大玄関前左手の芝生の真中に群生している蘇鉄《そてつ》は素晴らしいものだった。最大のものは根まわり六メートルに近く、二メートルにもおよぶ羽状葉を逞《たくま》しく突き出して、南国の夏空の下で深緑色に光っている有様は、黒糸おどしの甲《かっ》冑《ちゅう》をまとった武者のように見えたという。そして、

——鹿児島城の大蘇鉄に手を触れたい。

というのは、江戸に住む伊賀者すべての一生の夢であった。

なぜならば、薩摩藩こそは最もきびしくその藩境を閉ざして、他国者をよせつけず、殊に隠密の疑いのある者など、とうてい一歩もその領内に入ることは許さなかったからだ。

薩摩藩に潜入し、その本拠である鹿児島城内に入り込み、名にし負う大蘇鉄群を己

れの眼で見、己れの手で触れ、その証拠を何らかの形で残してくることこそ、隠密として最高の栄誉とされたのはこのためである。

古い忍法の秘書である『無諦子秘録』によれば、正保以降享和に至る百六十年間に、薩摩藩潜入に成功し、かつ無事に戻ったものは、八名に過ぎずと記されている。

およそ二十年に一人の割合だ。

しかもこの八人がすべて隠密としての実績をあげ得たかどうかは、はなはだ疑わしい。多くは単に潜入と帰還に成功したというだけのことであっただろう。

この中の一人、野田勘介については、薩摩側にもその記録がある。

勘介は幕府上使として鹿児島に下った内藤石見守の従者として鹿児島城下に入った。通例、宿所と決められた屋敷から一歩も出ることを認められず、役目が終れば真直ぐに退国するだけである。

勘介は同僚の一人と争論し、抜刀して傷つけた上、逃亡し山林内にかくれた。

上使内藤が役目を果して鹿児島を去ってしまうと勘介は姿を現して自首した。

——やむなき武士の意地により刃傷仕った。対手を仕とめなかったのは残念ながら、御城下をお騒がせしたる罪万死に当る。御存分に処罰されたい。

と申し立てる。薩藩では直ちに牢につないで取調べ、善後策を相談したが、たまた

ま、勘介が大筒の弾丸用の火薬調合に特技をもっていることが分ると、

——助命してやれ、役に立つぞ。

という声が強くなった。

幕府には、逃亡中の勘介、山中に追いつめて討ち果したと報告し、氷川重蔵と改名させて藩の火薬奉行の下に属せしめた。勘介は三年後、海路豊後《ぶんご》に逃れ、江戸に戻って復命している。

だが、その報告内容はまったく無価値だった。否、真実を誤った有害のものだったといってよい。

火薬方の有村三郎兵衛という者が、勘介の正体を見破してしまっていたのだ。有村は勘介が、例の大蘇鉄群のあたりを、うろついている時の異常に亢奮した表情を怪しみ、執拗にその日常を探って、

——公儀の犬。

と、断定した。

有村の密告を受けた藩当局は、即座に勘介を殺戮しようとしたが、反対する者があった。

——むしろ、きゃつを利用して、偽りの情報を江戸に持ち帰らせた方が悧巧ではな

いのか。

いわゆる「天唾《てんだ》の術」――敵の放った間諜を逆用して敵をまどわす手段である。

勘介は、表面成功したごとく見えるが、その実、大失敗したのだ。しかもその失敗が明白になったのは、維新後、薩藩の秘密文書が公開され、有村の覚書きが人目に触れるようになってからのことであった。

薩藩への隠密のうち、完全に成功したことの疑いないのが一人ある。維新後明らかになった敵味方双方の記録をつき合わしてみて、立証されるのだ。

他ならぬ間宮林蔵その人である。

＊

間宮林蔵はいうまでもなく、間宮海峡の発見者として広く知られている。

だが、彼の本職は、幕府の隠密である。彼が隠密として、しばしば功を立てたこと、変装に巧みであったことは、彼の上司中川忠五郎が語っている。

この林蔵が薩藩潜入を敢行したのは、薩藩が禁制の対外貿易を余りにも大胆に行っているらしいことが分ったので、その実状を調べてくることを上司から命じられたからである。

成功すれば隠密として最高の名誉である。

林蔵は勇躍して、西下した。

彼の準備は極めて周到であった。

まず肥後相良に赴き、数カ月滞在して人吉地方の訛《なま》りを一心に習得した。

普通ならば薩藩に潜入するためには、薩摩弁を習うだろう。だが、いかに習熟しても、その地に生れ育った者とは違う。何かの機会に他国者と見破られてしまう。

それよりも肥後人吉の生れとして話していれば、薩摩人といえども人吉土着人との微妙な差に気づく怖れは少ない。

そう考えて、林蔵は人吉生れの人間として、隣国薩摩に流亡する形をとったのである。

天保二年四月、林蔵は、人吉から乞食姿で薩摩に入った。

直ちに鹿児島城下に入ろうとはせず、重富の町中、経師屋の店先でぶっ倒れた。助け起こされ、食を与えられると、用意した哀れな身の上話を語り、経師屋の下働きに採用された。

一年の間、最も神妙につとめた。

その間に何度か鹿児島城下に出て、同業者に知り人を拵え、機会をつかんで鹿児島城下の経師屋の店に移った。

ここでさらに二年、神妙に辛抱した。

むろん、町を歩いても、人の話を聞いても、対外貿易を暗示するような言葉は、すべて細大洩らさず頭の中に刻みつけた。が、何としても城内に入らなければ事件の核心は摑めない。

その日は遂にやってきた。

彼の仕える親方が、城内御殿の襖の張り換えに動員されたのである。

城内には藩主居館の他、御家老座、異国方、御勝手座、大目付座、御兵具所、御納戸その他の諸建物が建ち並んでいる。そのすべてに大ぴらに入り込むことができたのだ。

調べ得る限り調べた。

あこがれの大蘇鉄群も、充分にながめ、手で触れてもみた。

襖の張り換えが完了して三カ月後、林蔵の姿は、城下から消えた。

そして更に三カ月、薩摩藩江戸家老菱刈杢之助は、勘定奉行土方《ひじかた》出雲守勝政に喚ばれ、内談を受けた。

――西の丸修復費用として多少とも御用立てあって然るべし。

というのだ。菱刈が、

——藩の財政極度に窮迫、とうてい御用命には応じかねます。

と返答すると、土方が笑って、

——それはどうかな。長崎へ向う唐船蘭船を硫球に引き寄せ御禁制の密貿易をなし、莫大な利を得ておると聞いたが。

——密貿易など、とんでもないこと。

——鹿児島城下滑川の硫球館や種子島屋敷、城内の異国方役所裏手の第三、第四蔵に、何がぎっしりつまっているか、お教えしようかな。

——あ。

——城南御殿の南側、桔梗《ききょう》の間の襖の張紙を剝いでみるようお国許へいってごらんなさるがよい。御返答はその上で。

菱刈が、愕き慌てて国許に連絡する。

鹿児島城では早速、桔梗の間の襖の表紙を剝がしてみると、墨くろぐろと、

——大府隠密間宮林蔵——蘇鉄西群の根元御覧ぜらるべし。

と記されてあった。

蘇鉄の根元を掘ると、鹿児島城内の精密な見取図が出てきたという。

熊本城の首かけ石

戦前、熊本城には正午の時刻を報らせる午砲台があり、そこに巨大な石がおかれてあった。城の参観者には、それが「横手五郎の首かけ石」若しくは「大力石」などといって説明されたものである。

横手五郎という男は、何者なのか、否、そもそも彼は果して実在の人物なのか。多くの古記録に彼の名が出ているところを見ると、少なくもこの名を持った男が実在したことは確からしい。

だが、その素性については、種々の異説がある。あるいは築城について優れた知識を所有していた人物だともいうし、あるいは、南蛮人の技術家で日本に帰化した男だともいう。

この説をとれば、首かけ石なるものは単なる築城機械の台座として用いられたものという見解が正しいことになるだろう。

しかし、最も一般的に信じられているところでは、横手五郎なる人物は、肥後国上益城《ましき》郡木山の城主木山弾正《だんじょう》の遺児であるということになっている。

そして、この首かけ石なるものは、彼の悲痛な最後を齎《もたら》した道具だとされているのである。

五郎の最後を述べるためには、彼の父弾正と、熊本城の建造者加藤清正との因縁を語らなければならない。

木山弾正は豪勇無双三十人力と称せられたが、出陣中、城を島津勢に急襲されたため、脱れて天草島に渡り、甥に当る天草種元の本戸城に身を寄せた。

天正十七年、天草は小西行長の支配下に入ったが、自治を要求してその命を奉じない。行長は手をやいて、加藤清正に援助を乞う。

清正は精兵一千五百を率いて天草に渡り、志岐城を襲った。本戸城にあった木山弾正は直ちに救援に向い、仏木《ぶつき》坂《ざか》において清正の軍と正面衝突した。

未だ明けやらぬ薄闇の中で死闘がつづく。

弾正と清正とが遭遇し、しばし槍を交えて闘ったが、やがて馬から飛び下りて四つに組み、格闘しつつ深い穴に転落した。

弾正が上で、清正が下である。

清正既に危いとみえた時、弾正の家人倉井甚兵衛がはせつけ、穴の上端から叫んだ。

「殿、殿は、上か、下か」

弾正は、どもり弾正といわれたぐらい、ひどいどもりである。急には声が出ないでいる中に、清正が、

「下ぞ！」

と叫ぶ。倉井は長槍を突き下ろして、おのれの主君弾正を刺してしまった。ちょうどその時、清正の家臣庄林隼人が走りよって倉井を襲ったので、清正は弾正の首を落として穴から這い上がった。

志岐城は、間もなく、小西・加藤・大村らの軍にとり囲まれた。

折柄この城中にいた弾正の妻美輪《みわ》は、甲冑を被り、槍を揮って奮戦した。

その凄じい勢に、寄手《よせて》はどっと退いていったが、勢に乗じた美輪が、なおも突き進んでゆくと、冑の緒がゆるんでいたものか、梅の木の枝にひっかかって、背に落ちた。

黒髪が、さっと流れる。

――あ、あれは、女だぞ。

女とみて急に戦意を盛返した小西勢が殺到し、美輪は遂に討死した。

城中にいた弥三太という郎党が、弾正と美輪の遺児五郎丸を抱いて、脱出した。弥三太は己れの故郷である肥後の横手村に奔り、そこで五郎丸を育てた。この遺児が、横手五郎その人である。

*

五郎は優れた体軀と、抜群の力とを、父と母の双方から受けつぎ、魁偉な相貌をもった青年に成長した。

そして五郎の魂の中には、その猛々しい面構え《つら》よりも更に激しい決意が、牢固として結成されていたのである。

——父の仇、清正を討つ。

その一念を秘めて十数年、漸く清正に接近する機会を得た。

慶長五年、関ケ原役に東軍に属した功により、清正は肥後一国を与えられ、翌六年熊本城の築城工事を起こしたのである。

五郎は人夫の中にまぎれ込んで、工事中の城に入った。

彼の廿人力といわれる怪力は忽ち、仲間の中で評判となり、やがて、清正の耳に入る。

清正は、一見して五郎がただ者でないことを看破し、その身許を調査させた。

五郎を呼んで、

――弾正殿の伜であろう。父御を討ったのは私の怨みからではない。やむを得ぬ戦場の習い、深く恨みを含むのは筋違いであろう、

と、懇切にさとす。

――素性知れた上は、殺されてもやむを得ぬ、が、死ぬ前にせめて一太刀、

と覚悟していた五郎は、清正の温情に心が挫けた。

――木山の家名を復興することこそ、父御への孝行、

といわれ、五百石を与えられると、清正に臣従する気になった。

が、しかし、この叛骨を抱いた青年は結局、大人しく清正の家臣として生を終えることはできなかったらしい。

不敵にも、いつの日か清正に代って、この城の主になってやろうと決心したのである。

そのために、清正の末娘で、阿藤という不器量なアバタ娘を妻に貰い受けたともいわれるが、これは確証がない。

いずれにせよ、城奪取の不逞な考えは彼の頭の中で熱火の如く燃えていった。

築城工事に従事する者は、身分の上下にかかわらず、すべて力業を避けることはできない。将領でさえ、時には自ら石を抱き、車を押し、土を掘って、人夫を励ます。五郎は率先して、巨大な石を肩にかついで運んだ。彼とても、重く、苦しいことは同じだ。

だが、そんな時、彼は、

「いずれは、おれのものになる城――末はわがもの、末はわがもの」

と、心の中で呟いた。

あたりに人のいない時は、その呟きが声になって口から洩れることもあったらしい。そして、普請奉行飯田覚兵衛の鋭い耳が、それを聞きつけた。

覚兵衛から、清正に耳打ちされた。

眉をひそめ、しばし思い沈んでいた清正が、何事かを覚兵衛に命じた。

数日後、五郎は新しい命令を受けた。

――西の出丸に空井戸を掘るのだ、もとより極秘、腹心の者のみでやってくれ、

空井戸は勿論、間道として掘られるのである。その作業を命じられることは、深い信任を意味する。

五郎は、直ちに工事にかかり、まず縦に一〇メートル掘り下げた上、横に向って掘

り始めた。

彼自ら、掘り下げた穴の底に降り立って、下で働いている人夫に指図している時、突如その頭上に大きな石が落下してきた。

——危い、
五郎は咄嗟《とっさ》に両手をあげて、それを受けとめた。むろん、不慮の出来事と思ったのだ。

だが、井戸の口から覗き込んだ飯田覚兵衛の憎悪に満ちた顔を一目みるとすべてを諒解した。

覚兵衛が、

——横手五郎、叛逆の意図ありとみた、主命によって、命を奪うぞ、
と叫び、更に大きな石を落とす。

五郎は、必死になって、それも受けとめ、

——卑怯者め、こんな手段でなくてはこのおれが殺せぬか。それにしてもうつけ者よ。石を落とすより、砂を落とした方が、たやすいものを、
と、嘲る。覚兵衛は、そうだったと気づいて、砂を流し込んだ。いかなる怪力も、砂は受けとめられない。五郎は砂に埋もれて、絶息した。

清正はその死屍を掘り出して晒《さら》したという。

原城の裏切者

寛永十四年十二月、一揆の総勢三万七千人が立てこもった原城は、前島原藩主有馬氏の居城であった。

現藩主松倉氏は、元来は支城であった島原城を大改修して引移り、これを本城としたので、爾来、原城は廃城となっていた。

一揆勢はこれに目をつけて、これを叛乱の根拠地として選んだのである。崩れた石垣を積み直し、浦々の船をこわして塀とし、櫓《やぐら》を組み立て、口《くち》ノ津《つ》にあった松倉家の蔵米五千石を奪って城に運び入れた。

城は周囲三キロ、東南北の三方は海に面する絶壁で陸つづきの西は深い泥田になっている要塞だ。

立てこもった三万七千の中、男は二万三千、女は一万四千、大部分はもともとキリシタン信者であるが、一揆に加わってこの城にはいってから洗礼を受けて信者になった者も少なくない。

キリシタン一揆といわれているが、暴動の起こった直接の原因は、むしろ松倉氏の酷税苛政である。

松倉氏の当主勝家は、米租を重課したのみならず、あらゆるものに税をかけた。炉銭、窓銭、棚銭、畳銭、蔬菜銭と、何をしても何を拵えても税をとり、ついには赤児が生れると頭銭、人が死ぬと穴銭を徴収した。

滞納者は、両手を背でしばり、みのを着せて、それに火をつけた。苦しんで躍り上がりころがり廻るのをみて、「みの踊り」と名づけて嘲笑した。

滞納者の妻子を裸にして、両足をしばって逆吊りにしたり、肌に赤熱した鉄棒を押しつけたり、水牢に何日もつけておいたりした。

一揆がもっと早く起こらなかったのが不思議なくらいである。

一揆の首謀者たちは、元来は武士だった者が多い。関ケ原役や大坂役の残党なのだ。戦いには慣れている。何よりも同志の結束を固くしなければと考えて、キリシタンの教えを守るということを、一揆の名目とした。

キリシタンの教えの最も広く普及していた島原・天草の農民たちには、これが最も有効だったのである。

益田甚兵衛の伜、通称天草四郎を、神の子と称して推戴し、四郎がいろいろな奇蹟を行ったことを宣伝した。

――主のみ教えを守って死ねば、ハライソ（天国）へゆける。

単純な、信仰深い農民たちは、そう信じ切っていた。おそらく、余りに苦しい現実の生活のために、この現世に生きてゆくことにそれほどの未練がなくなっていたのであろう。

幕府は板倉重昌を上使として派遣し、松倉・鍋島・立花・有馬・細川らの諸藩に命じて、原城を攻撃させたが、一揆勢の反撃鋭く、寄手は惨敗して退く。

事態の異常さに驚いた幕府が更に松平伊豆守信綱を上使として送ることに決定すると、板倉は面目なしと考え、寛永十五年一月一日総攻撃を敢行し、自ら先頭に立って城塀に迫ったが、銃丸を受けて戦死した。

城中の意気頗《すこぶ》る揚がり、

――主はわれらを守り給う。今日の戦勝を記念して指物（陣中旗）を作ろう。

ということになった。その製作を委ねられたのは山田右衛門という絵師である。

右衛門は、一メートル四方の白い紋綸子《りんず》に、二人の天使が左右から聖杯を礼拝して

いる図柄を考案して、これを一同に提案すると、

――それは良い。是非、立派なものを作り上げてくれ。

と、一同が賛成した。

が、どうしたことか、右衛門の仕事は一向に捗らなかった。完成を促されると、

――天使の顔が、どうしてもうまく描けないのです。

右衛門は、当惑したように答えた。

*

城内に設けられた礼拝堂のマリアの画像の前に跪いて祈っていた一揆の少年首領天草四郎の傍らに、右衛門がそっと近づいていったのは、一月十四日の夕刻である。

「四郎殿」

と呼びかけた右衛門の顔は、ひどく蒼白く、凹んだ瞳の中が異様に光っていた。

「どうしても天使の顔がうまく描けぬ。四郎殿、私はあなたの似顔を描きたい。あなたの顔こそ、天使の顔だ」

四郎は驚いて答えた。

「もったいないことを――私はただイエズス様の下僕です」

「城中の者は皆、あなたを神の子と呼んでいる」

「私は、それを聞くたびに、恥かしくて身がちぢまる思いです」

「四郎殿、あなたは、神の子です。いや、神の子以上だ。私はあなたがいるからこそ、この城にはいったのです。四郎殿、私の気持が分らぬはずはないでしょう。私はあなたを一目みた時から身も心もあなたに捧げている。お願いだ、四郎殿。私に、一度でもよい、その美しい唇を吸わしてくれ。その優しいからだを抱かしてくれ」

「何をいう、右衛門殿。狂われたか。ソドム（男色）は、主がきびしく禁じておられることではありませぬか」

「構わぬ。私は地獄《インヘルノ》へおちてもよい。四郎殿を自分のものにできれば」

四郎は、襲いかかろうとする右衛門をつきとばして辛うじて逃げた。

それからも、右衛門はしつこく四郎につきまとい、隙をみては抱きつこうとして、その度にきびしく退けられた。

指物は完成したが、天使の顔はひどく出来が悪かった。右衛門は、モデルになることを拒んだ四郎に対するつらあてに、わざとそう描いたのであろう。

この間に上使松平信綱が到着し、攻囲軍は十二万四千人に達した。城中で戦闘能力のあるものは、五千人ぐらいのものだから、二十五倍の大軍である。

城中の食糧が次第に欠乏してきた。

寄手の砲丸が、城中の本丸陣屋に落下して、四郎に傷を負わせた。

――神の子でさえ、鉄砲玉で傷つくのでは、主の加護も失われたのか。

と、城中に不安の色が流れた。

山田右衛門は、四郎に対する邪恋がどうしても受け入れられぬとみると、裏切りを決意し、深夜、寄手の陣に矢文を飛ばした。

――城中の戦意は著しく落ちています。総攻撃をかけてくだされば、私の請持ちの三の丸に火を掛け、寄手を城内に引入れます。

松平信綱は、時機熟したとみて、二月二十七日、総攻撃を開始した。

三の丸に火の手が揚がったのを合図に、鍋島勢が一挙に城中に突入し、混乱に乗じて黒田勢、細川勢も城壁を乗り越えた。

城が陥ちたのは、二十八日である。

細川の家士陣佐左衛門の打ちとった首が、四郎のものだと報告されているが、果してそうであるかどうか分らない。

城にこもった一揆勢のすべてが最後まで闘った。女も子供も老人も病人も石を投げ、木片を揮って闘った。

だが三万七千の男女のことごとくが討死し、または捕えられた後、斬首された。その死体は、三月にはいって城をとりこわす時、一カ所にまとめて焼いたが、その屍臭に集まってくる蠅が雲霞《うんか》の如く、附近は土の色も見えないほどだったという。一揆全員玉砕の唯一の例外者は山田右衛門である。

裏切りの功を認められてこの男は命を助けられた。江戸に送られ、松平伊豆守の邸内に軟禁されて生涯を終えたが、生きている間はよく筆をにぎって、何か呟きつつ、画紙に向っていた。伊豆守の家臣が伝えるところでは、その呟きは、

――描けぬ、どうしても描けぬ、天罰じゃ。

というものであったという。

佐賀城の亡霊

関ケ原役から六年、大坂城には依然として豊臣氏が蟠踞《ばんきょ》していたが、天下はもう全く徳川政権下にあってどうやら泰平ムードが横溢《おういつ》しかけていたらしい。

佐賀城内で、武功の鍋島家中にはふさわしからぬ桃色事件が起こった。

折から城主鍋島直茂は江戸へいっている。

いわゆる参覲《さんきん》交代が正式に規定されたのは寛永十二年であるから、この慶長十一年にはまだ、その法的な強制はなかったが、事実上は既に、徳川氏に忠誠を示すため、各大名とも江戸へ参覲していたのである。

直茂は名にし負う豪気の武将である。もともと竜造寺隆信の家臣であるが、隆信が戦死すると、竜造寺家の実権を掌握してしまった。

隆信の嫡子政家は、実力において到底直茂に敵《かな》わないことを知って、天正十八年自ら隠退し、領土と政権のすべてを直茂に委ねた。

ただし、直茂に、

――政家の長男高房が十五歳に達したならば国政を再び竜造寺家に返上する。

という起請文を書かせておいた。

こんな約束が守られるはずはない。高房が成長しても直茂は一向に政権を返還する様子もなく、旧竜造寺家の領土はそのまま、鍋島家のものになってしまいそうである。高房は憤慨して直茂を刺殺しようとしたが果さず、無念の余り切腹しようとしたほどである。二十二歳の時駻馬《かんば》を馭そうとして落馬し、死亡した。

その後高房の伜伯庵は、竜造寺家の回復を図ってたびたび幕府に歎願したが、秀吉の伜秀頼から天下を奪った徳川家がこれを認めるはずもなく、かえって伯庵は会津家にお預けとなり、鍋島家の領主権が完全に承認される結果となったのである。

ところで、冒頭に述べた桃色事件が起こったのは、まだ竜造寺高房が在世中のころだから、直茂としては、家中統率には殊《こと》の他気をくばり、厳格な士気の保持に遺憾なきように努めていたころに違いない。

きびしい武将のきびしい統制下にあって、かえってこうした事件が起こったのは、厳格すぎる家庭の子女が不良化するような、一種の反撥であったかも知れぬ。

それにしても、直茂在城中は、さすがにそんな気のゆるみもなかったのだが、直茂が江戸へ赴いて不在となると、城中にホッとしたような安心感が流れたことは確かである。

若い連中は、殊にのびのびした気分になり、やがて、ほのかに悩ましい情感さえ湧き出てきたのは、折柄春三月、柳の芽ふくらみ、さくらの蕾《つぼみ》もほころびる季節だったからでもあろうか。

若侍の中で美貌を謳われていた三浦源五が、おあいという奥御殿の侍女と、二の丸の樟《くすのき》の樹の下で人目を忍んで逢曳《あいびき》しているところを、所用で通りかかったお福という乳人がみつけた。直ちに現場をとって押え、

——怪しからぬこと。

と、一旦は眉を逆立てたが、源五の優姿を見ていると胸の中がもやもやとしてきて、

——内緒にして進ぜよう、その代り、

と、源五を誘惑した。弱味があるので源五もおあいも断れぬ、二人の女が源五を共有することになった。

これを嗅ぎつけた源五の先輩の中林清兵衛というのが、

——源五よ、ひとりで両手に花は狭いぞ、一人おれにゆずれ、いやというなら、

と脅迫する。源五が当惑して、お福に相談すると、お福が、

――それなら、よい女子を世話しましょ。

と、自分の朋輩のおとらを中林に世話して、口をふさいだ。

しかしこんなことは、いつまでも秘密に保てるものではない。つぎつぎに嗅ぎつけられ、その口ふさぎに新しい仲間が引きこまれ、八人の女と六人の男とが、桃色グループに加わることになった。女の数が二人多いところをみると、源五のほかに、両手に花の幸運児がいたのであろう。

＊

この十四人の名は『焼残反古目録』によると、

――女中はお乳のお虎、お亀、お福、おあい、おちや、腰元の松風、かるも等八人、男は中林清兵衛、中林勘右ヱ門、三浦源五、茶坊主慶賀、田崎正六郎、田崎七右ヱ門の六人となっている。

秘密もこれほど加盟者が多くなればいつまでも秘密には保てない、いつしか城内でも噂が高くなってきた。

老臣の鍋島左太夫、大木主計らが、

――愚かな奴らめ、殿の御留守に、
と憤ったが、何とか穏便に片をつけるより仕方があるまいと相談している時、突如、直茂が江戸から戻るという使者がきた。

しかも、その書信の中に、

――余の不在中、とかくの噂あり云々、
の一行がある。早くも何者かが密報したらしい。こうなっては断乎たる処置をとるほかはない。

十四名の不義者たちは、一網打尽に引っ捕えられた。尤《もっと》も茶坊主の慶賀だけは、お城の倉の中に逃げ込み中から錠をかって出てこようとしないのを、牟田茂馬という侍が、

――寺にはいれば、罪は赦す。

と偽って、まんまと戸を開かせて、縛り上げたという。

やがて直茂帰国。

十四名は沿道を埋める見物人の中を本庄村若宮に送られ、そこで片端しから打首にされてしまった。

――二の丸に十四人の亡霊が出る。

という噂が立ったのは、それから間もなくのことである。

源五とおあいとが逢曳していたあたりらしい。夜半生い茂る老樟の間を、さーっと物凄い風がふき渡るとどこからともなく、

──ひいーっ、

──うわーっ、

と、男女の断末魔の悲鳴が聞こえてくる。

そして、その老樹の間から一つ、二つ、三つとつづいて十四の怪しい蒼白い火の玉が、尾を曳いて飛ぶ。

いや、そればかりではない。その火の玉が、二の丸の各部屋に、ふわりふわりとはいってゆくのである。

女中たちは気絶するものがあるし、男でも気味悪がって、二の丸の御殿には近付くのをいやがるという有様である。

二の丸には直茂の嫡子勝茂が住んでいたが、これには手をやいて、坊主を呼んで祈禱をしたり、施餓鬼をやったりしたが、一向にききめがない。

とうとう、事の次第を本丸にいる直茂に言上した。

直茂これを聞いて、からからと打ち笑い、

——よし、わしが、その亡霊とやらに会うてやろう。

と、深夜、二の丸に出向いてきた。

果して、蒼い怪火が、円い玉になって尾をひきつつ飛んでくる。

これをみた直茂が、はったと睨んで、

「はてさて、これは面白い。あの十四人の恥知らず共、打首にしても飽きたらぬ不届者と思っていたに、迷い出てきたとは感心な奴ばら、もう一度、仕置きして貰いたい所存か、これへ参れい」

と、大声に叱咤する。

その凄じい勢に呑まれたものか、怪火は一つ残らずすうっと飛び去っていってしまい、その後は現れなくなってしまった。

直茂はこの翌年隠居し、勝茂が城主となったが、亡霊は全く退散してしまったらしい。

尤も、ずっと後、寛永末年になってから、月のない夜や小雨のそぼ降る夜など、時たま堀のあたりに、怪しい火の玉の飛ぶのを見た者がいるが、これは、落馬して、死んだ竜造寺高房の亡魂だといわれたようである。

松山城の呪咀

松山城を築いたのは、賤《しず》ケ岳七本槍の一人である加藤嘉明である。

慶長八年から同十九年までかかって、一応形をととのえたが、寛永四年会津へ転封となった。

嘉明の松山領は二十万石であったのに、会津で四十二万石与えられることになったのだから、当然、嘉明は大いに悦ぶかと期待されたのにもかかわらず、彼は、

——既に老齢、会津守備の重任をつくし難く、願わくは、この松山で老後を送りたし、
と、辞退した。それほど彼は、自ら築いたこの松山城に愛着を持っていたのである。

この願いはかなえられず、嘉明は会津に移され、その後に蒲生氏郷《がもううじさと》の孫忠知《ただとも》が移ってきた。二の丸まで完全に築造を終えたのは、この忠知の時であり、築城は通算する

と、実に二十六年かかっている。

忠知は在城わずか七年、寛永十一年八月十八日、参観交代の途中、京都で病にかかって死亡、嗣子がないため蒲生家は断絶、新しく徳川家康の甥に当る松平隠岐守定行が伊勢桑名から移封されてきて十五万石を与えられ、以来十五代、明治維新に至った。蒲生忠知の松山在城は短期間であったが、歴代の城主中、最も多くの話題を残している。しかも、そのすべてが、はなはだかんばしくないものばかりである。

兄忠郷の死によって蒲生家を嗣いだ当時はこの忠知も明朗闊達《かったつ》な青年城主であったらしい。

戦国の余燼収まっていくばくもない頃ではあるし、忠知は武技を好み、鷹狩を愛した。鷹狩は家康も最も好んだもので、平時における武将の鍛錬として最もふさわしいものと思われていたのである。

忠知の鷹匠に中村忠四郎という青年があった。ある年、忠知の命を受けて、久万《くま》山の奥深くに入り、山小屋にこもって「鷹馴らし」に励んでいた。

忠四郎は本業の鷹匠としても優れた腕を持っていたが、趣味として習い覚えた尺八についても天才的な名手である。

深山に独り住んでいる淋しさを紛らすため、夜ともなれば愛用の尺八を、喨々《りようりよう》と吹き鳴らし、自らその妙音に聞き惚れて、憂悶を紛らしていた。

一夜、例によって尺八を吹いていると、中間《ちゆうげん》姿の男が慌しくやってきて、

「中村殿、殿が急のお召しでございます」

という。何事かといぶかりながら、その男について久万山を下り、三谷山のあたりまでくると、先を歩いていた中間が、ふと足をとめて振り向いた。

その形相の怖ろしさに、忠四郎が胆を冷やして茫然とした瞬間、中間の姿はみるみるうちに二倍ぐらいの大きさになった。

「おれは奥山に住む魔物の一味だ。わしらの首領《かしら》がお前の尺八を、近くでゆっくり聞きたいという。嫌というならひねり殺す」

と脅かされ、いわれるままにその大男に負われた。

大男は数十キロの山径《やまみち》を飛ぶように走って、隠し砦に連れてゆく。

砦は壮麗を極めていたが、更に目のさめる思いがしたのは、首領に会った時である。

絶美の若い女人だったのだ。

その美女に乞われるままに、得意の曲を終夜吹奏してきかせた。

忠四郎がこの美女に愛されたということになれば、浦島太郎の伝説の変曲《バリエーション》になるが、そうした事実はなかったようである。

朝になって別れを告げた時、美女は、小箱を忠四郎に手渡して、いった。

「これはお礼の印です。この箱を秘蔵していれば必ず富貴の身になれますが、もしこの蓋を開いて中を見るようなことがあれば命もろとも家は断絶しまするぞ」

＊

鷹馴らしを終えて、すばらしい鷹を携えて松山城に戻った忠四郎は、主君忠知にひどく気に入られ、百石の加増を得た。

その上、かねて及ばぬ恋と諦めていた大番頭の娘のあやと婚約がととのった。

——これは、あの小箱のお蔭だ。

忠四郎はそう考えた。それを自分独りの胸に納めておけばよかったのだが、嬉しさの余り、つい友人にしゃべってしまった。

噂はすぐに拡まった。

忠知の耳にも、やがてはいる。

忠知は忠四郎を呼び出してその真否を確かめた上、

——是非ともその小箱をみせよ、
と命ずる。

忠四郎が箱を持参すると、

——開いてみせよ、
という。

忠四郎は愕いて、それぱかりはお許し戴きたいと懇願したが、忠知は聞入れない。

箱をとり上げて自ら蓋を開こうとしたが、容易に開かないので苛立った忠知は、小《こ》柄《づか》をもって叩き割った。

中にはいっていたのは、一枚の紙片だけ。

しかも、その紙片には、墨くろぐろと、

——蒲生家断絶、
と記されてあった。

「こやつ、蒲生家を呪咀しおったのであろう」

と、憤った忠知は、忠四郎の弁解をきかばこそ、一刀の下にその首を刎《は》ねてしまった。

この時以来、蒲生家には奇怪な事件が相次いで起こった。

まず忠知が原因不明の病魔におかされ、夜も安眠できない。

折柄、真冬だというのに、城の堀に無数の蛙が集まって、二の丸の石垣に飛びついて一晩中、やかましく鳴きつづける。

たまりかねた忠知が、縁側に出て、

「えい、うるさい蛙共め、啞《おし》になりおれ」

と叫ぶと、一斉にぴたりと鳴声をとめた。

それ以来、初夏が訪れても、蛙の群は一声も声を出さず、不気味な姿だけを石垣の上にはいつくばらせているようになった。

その翌年、木枯しの吹く頃、蜜蜂の大群が現れ、どうやって持ってきたものか木炭を庭石の上に運んできて全群が一斉に羽を動かして風をあおると、パッと火が燃え上がり、忽ちのうちに御殿に燃え移って、忠知の居館を全焼してしまった。

忠知は絶えずいらいらし、からだが衰弱していった。

三十に近くなったが、男児が生れないことも、心痛の種であった。

――嗣子がなければ断絶、
というのが、幕府の掟だったからだ。

病みほうけたからだで、多くの側室を愛撫したのも、世嗣ぎの男児を得たいと切望したからである。

子どもは何人も生まれたが、すべて女ばかりである。

――男の児が、欲しい、

という希望がついにかなえられそうもないと分ると、

――余が男児を持てぬのに、領民共が男児を持つのは、不埒《ふらち》の至り、

という封建領主特有の不条理な考えを抱くようになり、毎日、遠目鏡で城下を眺め、妊婦が通行するのを見ると、直ちに捕えて庭の大石の上に運び、腹をたち割って男児はいないかと点検するという無惨なことをやってのけた。

多くの妊婦が捕えられて腹を割《さ》かれたが、発見された胎児はすべて女だったという。

精神錯乱した忠知は、参観交代のため、江戸へ赴く途中、急死したが、一説には、道中でも妊婦を見ると家臣に命じて捕えさせようとするので、近臣が思い余って毒殺したのだともいう。

忠四郎の伝説も、妊婦殺しの話も、多くの同じような話が各地に残っているもので、むろん実際にあったことではないだろう。

青年領主が病気のため、精神にやや異常を来たし、暴虐な行為が多かったため、こうした伝説が作られたものに違いない。

福山城の湯殿

福山城は水野勝成が築造したものである。その全貌がもし現在まで残っていたとしたら、姫路城と並ぶ素晴らしい景観であったことだろう。

勝成は若い頃全国を遍歴して各地の城郭を仔細に検分していたので、その粋を集めて理想の城をこの地に築いたのだという。

それは豪壮な石塁、うっそうと茂る老松、五層の複合天守、それをめぐって同心円をつくって聳《そび》え立つ十二の高櫓、豪華な殿舎――近世要塞史上、最も優れた縄張りの一つとして、当時から瞠目されたものであった。

現在も残っている伏見櫓は、勝成が二代将軍秀忠から、伏見桃山城の一部を貰い受けて移築したものだ。

しかし、伏見桃山城から移したのは、この櫓だけではない。今は跡かたもないが、かつて本丸内に甍《いらか》をならべていた華麗な殿舎の少なからぬ部分が、そうだったといわれる。

秀吉と淀君とが起居していた便殿、群臣を引見した表書院、美酒珍味を愉しんだ食堂、淀君が使用した湯殿、美しい侍女たちの長局などが、伏見からこの城内に移されたので、当時これを伏見御殿と称した。

――殿さまは、太閤さまと同じ暮らしをしてござらっしゃる。

城下の領民たちは、そんなことを自慢にしていた。

家士たちも、むろん、豊太閤の栄華の跡を日常目にすることを、大いに誇りとしたが、特に若侍たちが異常な好奇心をもって憧憬《あこが》れたのは、淀君が入浴したという湯殿である。

当時、淀君の美色は天下にかくれのないものであった。実際には、大坂落城に当って自害した時には既に四十八、九歳の姥桜であったはずだが、天下第一の美女の伝説は、若侍たちの頭の中にいつまでも若々しい絶世の麗人を空想させていたのであろう。

その淀君が惜し気もなく一切の衣裳を脱ぎすてて、玉のような裸身を湯に沈める状況を思い浮かべると、若侍たちは、妖しい情感に恍惚としたらしい。

「おい、淀殿の湯殿というのを、何とかしてみたいものだな」

といったのは、勝成の小姓で、久松欣五という若侍である。

「今、淀殿が入浴しているのなら、是非拝見したいものだが――でなければ、いかに贅をつくしたものといっても、ただの湯殿に過ぎんだろう」

と答えたのは同僚の渋田市兵衛、欣五よりは三つ年上だけに、やや現実的である。

「それはそうだが、ただの湯殿にしろ、かつて、そこで淀殿が光り輝くような肌をあらわして浴《ゆあ》みされたと思えば――ちょっと変な気がするだろうなあ」

「おれも、淀殿の湯殿なら是非一度見たい」

「何となく残り香でも漂っているような気がする――なあ」

若い同僚たちも欣五と同じような憧憬の念をもっているらしかった。

だが、むろん、奥御殿の湯殿などを、若侍たちが覗き見ることなど、とうていできるものではない。時々、話題に上らせながらも、現実にそれを見る機会があろうとは、誰も思っていなかった。

欣五にとって思い掛けない機会が与えられたのは、寛永十四年暮れ、島原の乱の起こった時である。

城主勝成は、幕命を受け、七十三歳の老軀をひっさげて、十五年二月、島原に出陣していった。大坂陣生残りの武将としての経歴を買われたのである。

勝成の伜勝俊、孫勝貞も、同じく兵を率いてこれに従う。

福山城は急に人影が少なくなり、塁壁を覆う老松の梢を吹き渡る風の音も、ひとしお淋しく思われた。

欣五は前年の鷹狩の際右足を負傷して、まだ全治していなかったため、留守部隊に廻され本丸警備の役を仰せつけられた。

欣五が、年来の夢である淀君の湯殿を瞥見しようと考えたのはこの時である。

＊

凄い風の吹く、ひどく寒い日であった。

欣五は御殿警備の責任者として、警備の番士たちの監督に当っていたが、日が落ちてしまうと、

「戌《いぬ》の刻（午後八時）の見廻りは、私がやる」

といい出した。足軽たちは、

「久松さま――手前共が致します」

と止めたが、欣五は、

「いや、こうしてじっとしているより、歩き廻った方が、気が晴れるからな」

と、わざと気軽にいって、ついてこようとする部下を押し止めて、唯一人、本丸御殿の周囲を見廻って歩いた。

といっても、通常、奥御殿の方は木戸の外側を廻るだけなのだが、欣五は木戸を押し開いて内庭にはいっていった。

万一、見咎められたら、怪しい人影を見たように思ったので、と弁解すればよい。だが、この寒夜に庭など出歩いている者はむろんいない。御殿の雨戸はぴったり閉っている。

欣五は、やすやすと、奥御殿に近附いた。

湯殿のあるだろうと思われるあたりは、かねてから見当をつけている。縁の下をくぐり抜けて、狭い方形の内庭に出た。

かすかに灯りのさしている窓がある。

ほのかな湯気が、そのあたりに立ち上って、寒さのきびしい大気の中で、そこだけがふっくらとなごんでいるように思われた。

——あそこだ。

欣五は、胸をとどろかして忍び寄った。

窓を少し押し開いてみると、四坪位の板の間である。そこの真中に乱れ箱があり、美しい衣裳が脱ぎすてられてあった。

板戸で隔てられた奥の部屋に水音がして、何か囁き合うような声がきこえた。

欣五はおそらくこの時、亢奮の極、多少常軌を逸した気分になっていたのであろう。

――淀さまが浴みしておられるのだ。

と、恐るべきばかげたことを考えた。夢中になって右手に廻り、湯気抜きの小窓から中を覗き込んだ。

湯殿の中央に楕円形の風呂桶があり、なみなみと湯がたたえられている。湯気の香りの中に、二つの人影が見えた。一人は裸身で、小さい白木の台に腰を下ろしていた。他の一人はその背後に立って袖をまくり、その背を流していた。

欣五の視線が凝結したのは、むろん、裸身の女人の方にである。

それは、到底現実の人間とは思われないほど、なよやかに、ふくよかに、やさしげに、きよらかに、しかも生き生きと、つややかに、光り輝いていた。正しく、欣五が永年、夢に描き、若い魂の限りをつくしてあこがれていた大坂城の美女淀殿の姿にちがいない。

欣五の心臓は五六寸も、どきりと下に落ち込んだ。喉をからからにして、その微妙絶美の女体に見惚れ、茫乎《ぼうこ》としてわれを忘れた。

「曲者！」

と、背後から呶鳴られ、しまったと、小窓から飛びのいたが、何人かの薙刀《なぎなた》をかかえた侍女たちが、雨戸を開いて、囲りをとりかこんだ。湯殿を覗き見していたのでは、どんな弁解も通らない。

——稀代の痴《し》れ者。

として、斬首された。

湯殿にはいっていたのは、城主の孫勝貞の妻室お秋の方だったのである。

福山城の別名を久松城という。町人の久松という者が、築城の際人柱になったためだというが、実際はそうではない。

淀殿の湯殿にあこがれて一命を失った久松欣五を憐れんで、人々がそう呼んだのだという。欣五はその極めてロマンチックな性格の故に同僚に頗る愛されていたのである。

岡山城の後家

永禄元亀の頃、岡山城主は浦上宗景に属する金光《かなみつ》宗高であった。

浦上氏の部将宇喜多直家は、宗景に、

——金光は御舎弟政宗と通謀して叛逆をはかっております。

と、ざん言し、宗高、政宗両人が鷹狩に出た隙を狙って岡山城を急襲して、これを奪い、帰ってきた二人をも攻め殺した。

天正元年、岡山城に移った直家は、大いに城郭を拡大し、濠を強化して勢力を養ったが、主家浦上氏を亡ぼして、これに代ろうという野望を抱いた。

そのためには、宗景の重臣たちを次々に殺戮した。その手段は、残酷苛烈を極めている。

まず自分の三人の娘をつぎつぎに宗景の妾として献上して宗景の信頼を一〇〇％獲

得した。

そして、この宗景の妾にした娘は、年長のものから順に暇をとらせ、これを、順ぐりに、長女は金川城主松田蓮昌に、次女を大野城主伊賀義高に、三女を三星城主中村三郎右衛門に嫁入らせた。

長女の婿松田と極めて親密につき合って安心させておいてから、宴席に招いて毒殺した。宗景には、松田に謀叛の心があるのを見抜いたから、娘婿ではあるがやむなく誅しましたと報告した。

つづいて、次女の婿伊賀義高も、同じ手口で、毒殺した上、未亡人になった次女を海老城主後藤高光に嫁がせた。この後藤も、間もなく岡山城に招かれて、毒殺された。第三女の婿、中村もしばしば訪問して油断させ、城の内外をよく見きわめた上、暴風雨の夜、急に襲って城を奪い、中村を惨殺した。

娘ばかりではない。たった一人の妹も、今津城の谷川久隆に嫁入らせた後、谷川を欺き殺している。

三人の娘は、良人を父に殺されても平然として生き延びていたが、妹は良人の後を追って自害した。

直家の妻阿与も、婿四人を殺した良人の、余りの惨忍さに呆れ、食を絶って死んだ。

直家は大して悲しむ様子もなく、一族の宇喜多左京亮の妹に当るお福を後妻として娶《めと》った。

お福は、娘より若く二十二歳、非常な美女であった。

直家は肉親のすべてを、勢力拡張の道具としか考えなかったらしい。

浦上家の有力な部将たちをことごとく殺戮してしまうと、播州置塩《おしお》にかくれていた浦上氏の旧主赤松の一族赤松範房に、

――浦上宗景は政を失い、領民ことごとく憎んでいる。範房殿が赤松家再興のため、宗景を誅殺するお心があるならば、この直家はいつでもお援けしますぞ。

と申し入れた。

落ちぶれていた範房が、大いに悦んだことはいうまでもない。

直家は、範房を表看板に押し立てて、宗景に対して公然と戦いを宣言した。

宗景は、

――外道め、うまく瞞されていたわ。

と、歯を喰いしばって怒ったが、直家の率いる軍兵は、早くも宗景の本拠である天神山城に攻めよせてくる。

有力な部将を喪っていた宗景は、必死の防戦をつづけたが、形勢は頗る悪い。直家

は城中に入れておいた間者に流言を飛ばさせた。

――城中に裏切者がいる、沼本、明石らがそれらしい。

沼本も明石も、わずかに残った浦上家の部将なのだ。デマに迷わされて、宗景が冷たい眼を向けるので、堪りかねて城を脱出して直家に降った。

宗景は、到底勝目がないことを悟り、城を開いて、播州室津に逃れた。

無念やる方ない。児島に新城砦をきずいて直家と戦おうとしたが、直家は十倍の大軍を発してこれを討ち取った。

直家は、もう無用になった範房を追っ払い、備前、播磨、美作、四十六万石の大々名となった。

＊

三州を手に入れた直家に強敵が前後から迫ってきた。西の毛利、東の織田である。とても対抗はできぬ。とすれば、どちらにつくか。

直家は両方についた。

毛利に使者を遣わして、上月城を攻めることを進言し、自分が先鋒になりたいという。同時に織田に密使を送って、人質を出した上、忠誠を誓った。

上月城をめぐって、織田・毛利の戦いが始まると、直家は病気と称して傍観した。

上月城が陥ると、早速、毛利の陣営に祝賀の使者を送り、小早川、吉川の両将に、

――病のため、戦えなかったのは残念、せめて戦塵の御苦労をお慰めしたいから、当城にお立ち寄り下さい。

と、しゃあしゃあと申し入れた。

両将が岡山城に立ち寄ろうとしている時、

――直家はお二人を城中で討ち取る手筈をつけています。

と、密告した者がある。他ならぬ直家の弟忠家だ。兄の仕打ちに愛想をつかして、寝返ったのである。

直家は計画がばれたことを知ると、毛利と絶縁して、織田氏に属した。

天正九年、直家は病臥した。

奸雄も病には勝てない。翌十年一月、死を覚悟した。

倅の八郎秀家は、七歳、死後を考えると直家はさすがに焦慮した。

妻のお福を枕許に呼んで、

「そちは、三十――四だったかな」

「五でございます」

「とてもその歳には見えぬ。十も若い、美しいな、おれの死後、頼みとするのは、お前のその美貌だけだ」

「どういう意味でございます。それは」

「八郎の将来、宇喜多の家のため、お前の美貌を役立てよというのだ」

お福は、驚いた。

だが、良人のいう意味は理解した。

この美女、相当の代物だったらしい。分らぬふりをして、たずねた。

「どのようにせよといわれるのでしょう」

「八郎の将来を羽柴筑前に頼むのだ。きゃつこそ将来織田家を背負って立つ男、幸いにあいつ無類の色好みだ。きゃつがこの前、この城に来おった時、そちを見る眼は普通ではなかった。おれはあらゆる才智武力をもって、この宇喜多の家をここまで持ってきた。お前はその色香で、宇喜多の家を守れ」

家を守るために妻に不貞を要求したこの呆れた男は、その翌日、死んだ。

この六月、織田信長が本能寺で、明智光秀のために殺された。

高松で毛利勢と対陣していた羽柴筑前守秀吉は、直ちに毛利と和を講じ、軍を退く。

岡山城では、本能寺の凶変を知り、秀吉が引き揚げてくることを知った。

お福は、刻々にその情報を手に入れた。

——筑前守、ただいま、矢槻、野殿を過ぎ、野田に向っておられます。

——筑前守、野田を発し、岡山へ近づいております。

お福は、美しく化粧し、八郎の手を引いて岡山城の大手門に出て秀吉を迎えた。言葉をつくして、信長の死をいたみ、一夜を城に宿って疲れを休めることをすすめる。

秀吉は、お福の顔を、涎《よだれ》の垂れそうな顔で眺めたが、

「残念ながら、今度はそうしてはおれぬ。これが直家殿の子息か。直家殿が亡くなれて心細いことだろうが、心配されるな、この秀吉がしかと引き受けた」

四十七歳の秀吉は、お福の妖艶な色香の虜《とりこ》となった。

光秀を討って覇権を握った秀吉が、この美貌の後家を甚しく愛したことは明白である。

無能な八郎秀家が四十七万石を与えられ、五大老の一人にまでなったのは、後家お福の力だったといってよい。

姫路城の高尾

徳川時代を通じて姫路城の城主は極めて頻繁に更代した。最初は池田氏、これが三代十七年つづいて、次が本多氏、同じく三代で二十二年。その次が奥平（松平）二代九年つづいて、これを承けた越前家松平氏がわずか二年で榊原氏に代る。榊原氏は三代十九年、その後に第二次越前家松平氏が十五年、第二次本多氏が二代二十二年、さらに第二次榊原氏が三代三十七年、松平氏が八年、最後に酒井氏となる。これで漸《よう》く落ちついて十代百二十年、明治維新までつづくのである。

この第二次榊原氏は、宝永元年（一七〇四）に移ってきた榊原政邦の歿後、政祐が継ぎ、その後を政岑《まさみね》が相続したのであるが、この政岑の素行が収まらず、将軍吉宗の怒りに触れて寛保元年（一七四一）蟄居を命ぜられた上、越後高田に左遷された。

榊原式部大輔《たいふ》政岑は、元来、榊原の一族で大須賀頼母《たのも》といって五百石をとり、客分の扱いであったが、先代政祐に実子がなかったため、その養子となり、政祐の死後、封を嗣いだものである。

この男の女狂いは有名である。

日光代参の役を希望していたが、他の者に奪われてしまったので自棄になって放蕩を始めたというが、そんなだらしのない男なら、たとえ日光代参事件がなくても、放蕩を始めたことだろう。女狂いは生れつきというほかはない。

政岑の乱行については、『播州色夫録』に詳しい。もっとも著名なのは、後に述べる高尾との事件だが、そのほかにいろいろある。

江戸から姫路に帰る時、大坂から有馬温泉にまわり、湯女を三人までも身請《みうけ》して連れ帰ったことがある。

姫路でも、城下の富裕な町人の妻女で美貌の噂の高かったのを城中に召し寄せて、手ごめにしたことがある。良人は、妻を返してくれと何度も歎願したが取り上げてくれないのでやむなく京都に上って、京の町奉行所に訴え出た。町奉行所から政岑へ内々で、その女を返してやるように申し入れると、政岑は、

——よし、確かに女は戻してやろう。

と、女を家に返したが、その代り良人の方をからめ取り、

——主を訴え出るとは不埒な奴。

と、首を斬ってしまった。

一族の者は呆れ悲しみながらも、憤りに堪えず、江戸へ上って目安箱に訴状を入れた。

幕府で政岑の行動に対する監視の目を光らせ始めたのは、この頃かららしい。

江戸表での行状も人目にあまるものがあった。某年夏、月見の節、何人かの大名を藩邸に招待して饗応したが、宴たけなわの時、大台の上に山を拵《こしら》え、すすきに月の出る形にしたものを十六人の家来に曳き出させた。そして政岑がぽんと手を打つと、台の上の山が二つに割れ、薄物をまとった美しい踊り子が十二人飛び出し、あられもない姿で踊り狂ってみせたという。

これが評判になり、幕府当局で、その日列席していた大名たちに事実か否かを確かめに来たので、大名連中はふるえ上がって、

——今後、榊原家の招宴にはゆくまいぞ。

と話し合った。

また、御先手の山村十郎右衛門が役向のことで訪れた時、政岑は、珍しいものを見せると称して八畳の間に招き入れた。山村がすわっていると、上段の簾《すだれ》をかけたとこ

ろに、政岑が金入りの上下《かみしも》をきて現れ、三味線に合せて、首をふりながら豊後節《ぶんごぶし》を語ってきかせ、語り終るとすこぶる得意気に、

——役儀の上で心を労することも多かろう。いつでも訪ねてきて欲しい。一曲語って聞かそう。わしの豊後節は年季がはいっている。いわゆる大名芸ではないぞ。

といったので、山村が挨拶に困ったことも記されている。

吉原にはよく出かけていったが、多勢の人がみているところで、矢の根五郎の真似をしてみせたり、三千両出して五町総くるわの遊女を総上げにしたり、無茶苦茶なことをしたらしい。

世間では、榊原式部大夫とはいわずに、酒気腹色夫《さかきばらしきぶ》の大夫と嘲り、高尾身請の噂が立った時にも、

——大夫様よもや本気じゃござんすまい、酒気腹にて身請さんすな。

という狂歌を大門に張り出したものがあった。

*

吉原の三浦屋四郎右衛門抱えの遊女高尾というのは、代々相伝の芸名で、十代あったという。その中でももっとも有名なのが仙台侯伊達綱宗に身請されたが、遂になびか

ず、船上でつるし切りにされたという二代高尾で、俗に仙台高尾といわれている。次が政岺に身請された十代高尾で、榊原高尾とか越後高尾とかいわれている。越後高尾といわれるのは後に記すように、越後に下って生を終えたからだ。

この十代高尾は深川の花売りの娘だが、天性の美貌と悧発さとで、二十歳の時吉原の遊女としては最高の大夫となり、寛保元年二十六歳の時、政岺に身請された。政岺は出入の町人甲斐府屋に命じ、高尾を駕籠にのせて池の端の屋敷に連れて来させたが、よほど気に入ったらしく、帰国の時、これを伴って帰り、姫路城の西屋敷に住まわせて、西の方さまと呼ばせた。

そして、政岺は自分の館から西の丸ワの櫓下に降り内濠を舟で渡って濠端に出て西屋敷に通った。女を乗物にのせて自分の館に連れてこさせることもあった。

この乱行が幕府に知られて、

——城中に女の乗物を通したる儀、不都合千万。

と咎められると、政岺は、

——姫路城には昔から長壁狐というものが棲息しており、狐の嫁入事をする風習あり、決して綱紀を乱したものに非ず。

と弁解したという。行為そのものも、弁解も、共に愚劣というほかはない。

政岑の度重なる放埓は明白だったので、乱心者として隠居を命じられ、禄高削減の上越後高田に転封となった。

本来なら家名断絶となるべきはずだが、先祖榊原康政の旧功に免じて、伜の小平太政永に家督相続を許されたのだ。

政岑は越後に下って蟄居したが、高尾もこれについて越後に下った。遊女に似ぬ真心の持主だったらしい。

政岑はこの翌々年、わずか三十歳で死亡したが、高尾は八十四歳まで生きながらえ、尼になって政岑の後世を弔った。

政岑の乱行については異説がある。

尾張宗春と共に将軍吉宗に対して叛意を持ち、遊びに托して吉原で、しばしば宗春と会合して謀を立てたというのだ。幕府ではこれを探知し、

——にせ者として捕えてしまえ。

と、捕吏をさしむけた。

宗春は警護の武士たちの気転で、素早く逃げ去ったが、政岑は危く捕えられそうになった。

この時、高尾はうちかけをさっと拡げて、その中に政岑をかくし、捕吏を嘲弄して

追い返したので政岺は大いに感謝して身請したのだという。

三田村鳶魚《えんぎょ》は、雑司谷本立寺にある高尾の墓に連昌院殿清心妙華日持法尼、天明九年正月十九日とあるのは、通例の側室の扱いではなく、正夫人と同一の扱いであるとして、この説を支持している。尾張宗春が吉宗将軍に対して不満を持っていたこと、しばしば吉原で遊興したこと、政岺と親しかったことなどは事実であるが、はたして政岺と結んで陰謀を企てていたかどうかは分らない。

おそらく、後人のこじつけであろう。

政岺は、白昼行列をととのえて吉原の大門をくぐったというが、大事を企てるものが、そんなことをするはずはない。

小身の日蔭者で一生終えるつもりでいたのが思いがけなく本家を継ぐことになり、自由が利くようになったので、よい気になってのぼせ上がってしまったものと見る方が妥当ではあるまいか。

明石城の人斬り殿様

明石城は天和二年（一六八二）松平直明《なおあきら》が越前大野から移封されて以来、明治維新まで松平氏が城主であったが、その第八代目の斉宣《なりこと》は、人斬り殿様といわれている。斉宣は十一代将軍家斉の二十五男であり、幕府からの押付け婿として天降ってきたものである。

この斉宣が将軍の伜だというので、我儘一杯、十万石の半分五万石を幕府へ献上し、その代りに参覲交代の道中斬捨て御免の特権を与えて欲しいと申出たという説があり、「日に三人ずつ斬捨て御免」という伝説さえ伝わっている。

もちろんこれは、真実ではない。

第一、明石藩は松平直明以来、十万石ではなく六万石である。それが斉宣が天降りしたおかげで、享保十三年から八万石に加増されている。

斬捨て御免の伝説は、桐捨て御免から来ているらしい。明石城主は、元和以来、小笠原、戸田、大久保、松平、本多を経て、松平直明家になったのだが、直明は家康の曽孫に当るので三葉葵の紋を許された。そのため、菩提寺その他で使っていた桐の紋を捨てたものが多かったので、桐捨てといったのが、誤り伝えられたという。

それにしても、桐捨てが行われたのは、初代直明の時のことであり、八代の斉宣には関係がないはずである。

斉宣が人斬り殿様といわれ、斬捨て御免の伝説と結びつけられたのは、それだけの理由がある。

斉宣が天保十二年、参覲交代のため、木曽路を通過した時のことだ。

——下に、下に。

と声を掛けて通ってゆく行列を、土民たちは道の両側に土下座して頭を下げていた。

——並の殿様ではない、公方様（家斉）の御子。

というので、ひとしお恭々しく行列を拝んでいたことだろう。

ところが、その土下座している人々の中から、三歳の幼児が、よちよち走り出して、行列を横切った。

幼児には大名も将軍もない。からだを支えていた母親の手がちょっとゆるんだ時、無心に走り出したのだろう。
――殿の御行列を横切る無礼者。
というので幼児は忽《たちま》ち取り押えられた。
泣き叫ぶのも構わず、その夜の泊り本陣に連れていってしまう。
幼児の父親は、源内という猟師であった。
村の者や宿駅の者も同情して、
――頑是ない幼児のこと故、何とぞお許し下さいませ。
と、宿の本陣に歎願にいく。坊主も神官も、命乞いに協力した。
だが肝心の殿さま斉宣がどうしても聞き入れない。
――幼児とはいえ不埒な奴、斬捨てい。
と、鶴の一声、可愛想に幼児はその日の中に首を斬られてしまった。
――いかに公方様の若君でも、余りにひどいではないか。
と、村の代表が、尾州家に訴え出た。
尾州藩でも大いに憤慨して、使者を遣し、
――今後、尾州領内を通行すること無用。
と申し入れた。

明石から江戸にいくのには、海路にでもよらぬ限りどうしても東海道か木曽路を通らねばならず、従って尾州領内を通過しなければならないのである。

明石藩の重役連中が弱り切って、尾州藩に懇願したが、尾州藩では意地になって、どうしても首を縦にふらない。

遂に老中が仲にはいって、尾州藩も、

――明石藩主としてではなく、ひそかに通過するのなら黙認しよう。それなら斬捨て御免などという乱暴はできぬだろうから。

という点まで譲歩した。

それ以来、斉宣の行列が尾州領を通る時は、駕籠廻りの武士もみな脇差一本だけを帯び、半てん股引という奇妙な恰好をし、その従僕たちが後から刀や槍を革袋に入れてかつぎ、こそこそと通り抜けていったということが、『甲子夜話』の中に記されている。

＊

この話には、また後日談がある。

明石藩の正史によれば、斉宣は天保十五年、わずか二十歳で急逝したことになっているが、一般に伝えられるところでは、暗殺されたのだという。

わが児を殺された猟師の源内は、

――気違い大名め。このままには済まさぬ。必ず伜の仇は討ってやるぞ。

と、唇を噛んで決意し、爾来、ひそかに斉宣暗殺の機会を狙っていたが、天保十五年五月、わが児が殺されてから三年目に、とうとうチャンスをとらえた。

上に述べたような奇妙な行列をくんで、こそこそ木曽路を通ってゆく斉宣の駕籠を、山中の樹林の間から見つけた源内が、山稼ぎの猟銃で狙い打ちにしたのである。

銃丸は、駕籠の真中に当った。

――曲者！

と、供廻りは慌てて源内を追ったが、深追いはしなかった。尾州領内で事を起しては一大事と知っているからだ。

斉宣の傷がどの程度であったかは不明だが、その喪が翌月発表されていることを見ても、源内の銃丸が命中したことは間違いないものと思われる。

こんな悲劇が起こったのも、もともとは将軍家斉の好色多淫からきたことである。

家斉は四十余人の妾をもち五十四人の子女を粗製濫造した。

その中、早死したものを除いても、男十五人、女十三人、合計二十八人は何とか片をつけなければならなかった。

片をつけるというのは、男なら各大名家の養子に、女なら嫁に押しつけることである。

そして、尾張、仙台、水戸、紀州、越前、会津、高松、佐賀、鳥取、萩、加賀、津山、広島、姫路、館林、阿波、川越、明石などの各藩が、この濫造子女をあるいは家督として、あるいは家督の嫁として押しつけられたのである。

明石藩に天降りした斉宣は、家斉の二十五男である。家斉の老衰した晩年に属する倅だから、余り出来がよくなかったのは当然であろう。

明石藩第七代の松平斉韶《なりつぐ》には慶憲《よしのり》という嫡子があった。当然これが第八代藩主になるべきである。

しかし、老中水野出羽守忠成《ただあきら》から、将軍の内意を伝えられると、斉韶はそれを拒絶することができず、斉宣を養嗣子として迎えることを承諾した。無念であったに違いない。

幕府では、そのお返しのつもりで、斉宣が藩主になると二万石加増して八万石にしてやったのである。

ところが斉宣はすこぶる不満であった。

――同じ将軍の児でありながら、たった八万石でこんな遠隔の地に封じられるのは無念だ。せめて十万石にして欲しい。

と、父家斉に歎願する。

老中たちが相談したが、幕府の財政も苦しい。そう簡単に加増はできない。

そこで、

――禄高は八万石だが、格式は十万石とする。

ということにした。これで参覲交代の行列も十万石格式でやれるし、諸藩との交際も十万石の格式でやれることになった。

斉宣は得意になって、美々しい行装で木曽路を下っていったのだが、その途中で幼児斬捨てという不祥事件を起こしてしまったのだ。

斉宣が二十歳で死んでしまうと、先代の実子である慶憲がその後をついで第九代藩主となった。そのためか斉宣を暗殺したのは、慶憲側近の者が手を廻して、源内を煽動したのだという異説もある。

松江城の人柱

松江城——千鳥城ともいう。宍道湖畔、亀田山の丘陵に、緑につつまれた秀麗な天守閣を今なお残していることは周知のところであろう。

この城を築いたのは、堀尾帯刀《たてわき》吉晴。関ケ原役に東軍に味方したため、浜松十二万石から出雲富田三十三万五千石の大守に封ぜられた。吉晴は従って、最初は尼子氏の旧城である富田の月山城にいたのであるが、その地が不便であり、城郭も不充分であったので、改めて現在の地点に城を築いた。当時の民謡に、

——思いよらざる松江ができて、富田は野となり、山となる。

と唄われたのはこのためである。

松江城の築造に当ったのは『太閤記』の作者小瀬甫庵《おぜほあん》だといわれているが、確証はない。いずれにしてもその工事が頗る困難であったことは確かである。平山城の常と

して、莫大な量の石材を必要としたが、これを東方の下川津村・矢田村及び宍道湖の嫁ケ島から運んだ。五十貫以上のもののみでも三万数千個に上ったという。

濠の開さくもまた、非常な難工事であった。城山と赤山の中間にあった宇賀山を截断して塩見畷《なわて》の大濠を作った如きは、現在からみても、大変なものだったろうと思われる。この深く掘り下げた土壌を運んで、沼沢地を埋め立てたのが、南北田町や内中原である。

工事の進捗について、明暗二つのエピソードが伝えられている。まず明るい方から述べよう。

城主吉晴の夫人は、「たいほう」さまと呼ばれる女性であったというが、おそらく大方様《おおかた》というのが本当であろう。伝説では若く美しい人のようだが、吉晴がこの時六十を越していたのだから、夫人も相当の年配だったろう。

この夫人は工事場の内外四カ所に大きな仮屋を建てて、ここで餅をつき、これを廉価で人夫たちに売った。なぜただでやらなかったかというと、少しでも金をとった方が、人夫がよく働くからだ。夫人自らも出動するとともに家中の美しい妻や娘、奥女中などが着飾ってサービスに当ったから、人夫たちは、その餅代を稼ごうとして、大いに張切って働いた。この仮屋には大釜を据えて盛んに湯をわかし、湯気を立てたの

で、人夫たちはつい、

――一杯、白湯《さゆ》を貰おうか。

と、やってくる。白湯はただで飲ませた。だが、美しい女中の手から餅を貰うには、わずかながら金を払わなければならないのである。

もう一つ、重い石を運ぶ人夫に対しては特別の奨励法が考えだされた。彼らには、特に一個運ぶ毎に、夫人自ら握飯一個をただで与えたのである。

――御内室さまが、握飯を下さる、
と、人夫たちは感激して、労をいとわずに働いた。

東西約三町、南北約五町、東丸、腰郭、一の丸、中郭、外郭の五区に分れた堂々たる城が出来上がった。天守閣も高さ二六メートル余の五層楼、その直下に荒神櫓、二の丸の左右石壁上には太鼓櫓――、山陰第一の名城と謳われる城は、慶長十六年冬、完成した。

ここで完成に当って行われた悲惨な人柱の暗いエピソードについて、述べなければなるまい。

*

人柱というのは、生けにえの一種である。堤防工事や築城などに当って、地盤の軟弱なのを堅くするためには、人間を犠牲とし、これを人柱にすれば崩壊しないという考えから出たものらしい。

わが国では、仁徳帝が淀川の氾濫を防ぐために河内国の茨田堤を築いた時、河内の衿子《ころも》と武蔵の強頸《こわくび》とが人柱として選定されたのが、記録に出ている始めのものだといわれるが、その風習はもっと古くから存在したのであろう。アフリカ、ポリネシア、アジアの初期の民族にはいずれもこの風習があったという。残忍な話だが、一人または数人の犠牲を以て多勢を救うという思想から是認されていたものらしい。

戦国の築城に当って人柱が用いられたという伝説は、かなりある。しかし、毛利元就は、

——城の堅固は人の和に如くものはなし、

といって人柱を廃し、百万一心という四文字を石に彫って人柱の代りに埋めたといわれるし、戦国の時代が去ると、次第にこの風習は廃されていったのであろう。

松江城の人柱については、二説ある。

第一説によると——、

城の工事が着々すすみ、いよいよ天守閣築造となった時、その東北隅の石垣が何度

築いてもくずれてしまう。

奇怪に思って深く掘ってみると、槍に貫かれた大きな頭蓋骨が発見されたので、これを川津村に移して厚く祀った。

いつ死んだか分らない人間の古い頭蓋骨に対して、これほど鄭重な扱いをしながら、新しい犠牲として、生きている人間を要求したのは、どういうことか。現在の常識では理解できないが、ともかく堀尾吉晴は、天守閣の基礎を強固ならしめるため、人柱をたてようと決心した。

慶長十五年夏、吉晴は、既に出来上がった二の丸の広場に、城下の老若男女を集めて盆踊りを行わせた。悦んで踊り狂う人々、月光の下に新しい浴衣の袖が愉しげに舞う。

踊りの巧みなものは、飽くことなく踊り、声の美しいものは、夜を徹してうたった。その中で、声も姿も、一きわすぐれて美しい娘がいた。名は伝わっていない。仮の桟敷《さじき》の上から、その娘にずっと瞳を据えていた吉晴が、

——あの娘を、

と、人柱に選んだ。最も美しく、最も清らかな乙女こそ、生けにえとして最もふさわしいという伝承のためであったに違いない。

娘は、人柱として、生埋めにされた。

天守閣は、立派に出来上がった。

だが、その翌年の夏、再び広場で盆踊りが行われた時、踊り狂っていた人々が突然、恐怖に頬をこわばらせて、動きをやめた。

天守が、櫓が、否、城全体が、メキメキと不気味な音を立てて揺れ動き出したのだ。

——怨霊だ。あの娘の祟りだ。

——お城がこわれる、押しつぶされるぞ。

人々は争って逃げ出した。

以後、吉晴は松江城の附近での盆踊りを固く禁止したという。

第二説によると——、人柱に立ったのは、決して美しい女ではなく、老いさらばえた流浪の虚無僧であったという。

難工事に悩んで、或る夜、天守の土台の前に立った吉晴の耳に、蕭条たる尺八の音がひびいてきた。

どことなく人の心をめいらせるような、あの世から呼び込むような、その音に耳を傾けていた吉晴が、

——不吉な、何者か、

と、家臣に命じて捕えさせた旅の虚無僧を処罰のため、生埋めにしたのだという。異説によれば、この虚無僧は吉晴の若年の頃の友人で、共に幾たびか戦場に赴いたものだが、負傷して武士としての道を諦めて僧となったものである。吉晴に会って、己れの一子の将来を頼んだ上、自らすすんで人柱となった。吉晴が、その遺託に背いて、僧の伜を顧みなかったので、城完成後、どこからともなく尺八の音が奇怪な尾をひいて、響いてくることがあったという。

美貌の乙女か、敗残の老僧か、どちらが人柱に立ったものか実際のところは分らない。しかし、吉晴自身は、この城が完成してから間もなく歿し、この後をついだ孫の忠晴も寛永十年病歿、嗣子がないため、堀尾家は断絶、その後を襲って松江城主となった京極忠高も、わずか四年で病歿、後嗣なきため除封となっているのをみれば、当時の人々が、人柱のたたりだと怖れたのは無理からぬことと思われる。

鳥取城の生地獄

天正九年七月、織田信長の命を受けた羽柴秀吉は二万の大軍を以て、鳥取城をひしひしと取囲み、本陣を城外一キロの帝釈山の頂においた。

鳥取城が羽柴勢のために攻囲を受けたのは、これが始めてではない。この一年前にも同じように、羽柴勢は但馬に侵入し、隅山城や鹿野城を陥れた上、鳥取城を包囲し、城主山名豊国に降伏を要求した。

しかも、この時、羽柴勢は鹿野城にいた豊国の娘を捕え、はりつけ木に縛りつけて城門の前に立てかけ、

——毛利と手を切って、降伏すれば因幡一国を与えるが、しからざればこの娘を磔刑にした上、城攻めを行うぞ。

と、脅かしたのである。

豊国は娘も可愛いし、秀吉の大軍が怖しくもあったし、即座に降伏して、毛利と手を切ることを約束し、娘を返して貰った。

ところが、羽柴勢が包囲を解いて引揚げてゆくと、城内では城主豊国と、その老臣である森下道与および中村春次との間に激しい争いが起こった。森下や中村は毛利を裏切るのは道に叛くといって豊国を責め、主の命にしたがわない。

豊国は、頭も気も弱い人物だったのであろう。城にいたたまれなくなり、妻子や近臣十数名を率きつれて、鳥取城を出奔した。

君臣が衝突して、主が臣を放逐するということは珍しくないが、主の方が夜逃げするというケースは、まことに珍しい。

これには森下も中村も呆れたが、直ちに毛利家に連絡して、

――城主豊国は羽柴の甘言に乗って裏切りを図りました故、城から逐《お》い放ち申した。ついては毛利家より一族のしかるべき方を主将として下しおかれたい。

と申し入れる。

毛利家でもこの珍奇な事情には少々とまどったらしいが、鳥取城を味方の陣営に引入れておくことは、極めて重要である。詮議の上、毛利一族の中でも勇猛を以て謳われた吉川《きつかわ》経家を指名した。

経家は天正九年二月廿五日、四百の手勢を率いて、鳥取城に入城した。入城部隊の先頭に「経家首桶」と記した美しい黒塗の桶を捧げ、決心の覚悟を示していたという。経家は何よりも城の修理補強と兵糧の充実に全力をあげたが、不思議に兵糧が全然集まらない。一月以来若狭から来た船が、米を始め食糧一切を無茶苦茶な高値で買占めていったかららしい。

――羽柴め、早くも手を打ちおったか。

と、経家は秀吉の早業に唇を嚙み、毛利の本拠に連絡して、海路米を輸送させたが、それさえも待受けていた羽柴方の軍船のために奪い取られてしまった。

七月五日、秀吉の率いる大軍が、鳥取城下に迫った時、城内には千五百の戦闘員と二千の非戦闘員とがいたが、食糧はわずか一カ月分しかなかったのである。

秀吉は、得意の兵糧攻めの戦法を用いた。

鳥取城とその外城である丸山城とを取り囲んで延長八キロに亘る塁柵と塹壕とをめぐらし、一キロ毎に三層の楼を築き、その間に多くの哨戒所を設けて鉄砲をもった兵を詰めさせた。

本営とした帝釈山の頂上は、百メートル四方を平にして、仮の陣所とは思われないほどの立派な陣舎を築き、秀吉はじめ部将たちが悠々と茶の湯を愉しんだ。

包囲陣の後方には、上方から呼びよせた商人どもが市を開いたりしてすっかり腰を落ちつけてしまっている様子である。

城兵が討って出れば、柵の内から櫓の上から、雨あられの如く銃火を浴びせかけてくるので、城中に逃げ帰る以外にない。

さりとてじっと城に籠っていれば攻囲軍は素知らぬ顔をして、全く城を無視している有様、城兵はまず神経的に参ってきた。

＊

だが、本当の苦しみは、勿論、肉体的にやってきた。

長期籠城を覚悟しなければならなかったので、城内の食糧配給は極度に制限され、一日二食が、一日一食となり、それも大豆、大麦、ヒエ、アワ、フスマなどが主体になった。

人々は城内の犬、猫は勿論、鼠まで食いつくした。草の根も木の実も、およそ喰べ得るものは喰いつくした。悪食のために五体が腫れ上がったり、大小便が不通になったり、力つきて死んでゆくものさえ出てきた。

遂に恐るべき事態が、やってきた。

死んだ人間の肉を切り裂いて、焼いて食いはじめたのである。始めは、それを耳にしただけで吐きそうな顔をしていた連中もすぐにそのむごたらしい食糧を口にするようになった。

今や、人間の死骸は、死体としてではなく食糧として見られるようになった。『総見記』の筆者遠山信春は、この状況を次のようになまなましく記している。

――いまだ死人片息なるを、大勢寄り集まり、手に手に刀を持つて、かの死骸を切り取り、骨を離し、奪ひ合ふ、中にも首のところによき味ありと見えて、首を互ひに奪ひ合ひ、そのまま切りさき喰ひ候。

まだ息のある人間を争って切り裂き、生のまま喰いついたというのである。正しく生地獄というほかはない。

――とに角、命ほどつれなきものなし。

と遠山は歎声を洩らしている。

陰暦の九月にはいって天候が急変し、寒い風が吹き出すと共に死者はますます増加したが、その肉は忽ちの中に処理され、城のここかしこに、髪の毛のべっとりついた髑髏《どくろ》や、雨に打たれて白くなった手足の骨などが散らばっていたが、それを見る人の目はうつろであった。

こうした状況を、充分に計算して待ちもうけていた秀吉は、飢餓のため城内の戦闘意欲が全く失せたものと認めると、降伏をすすめる軍使を送った。

十月廿日正午、城中に呼びかけて、使者として城内にはいった秀吉の部将堀尾茂助は、

――百日に余る籠城ぶり見事、もはや武門の名誉も充分に示されたこと故、開城されよ。

と、経家に説く。経家も、もはやこれ以上の籠城は不可能と判断していた。一人前に闘うだけの気力を持った兵はほとんどいないのである。

――開城の条件は？

と反問すると、堀尾は、

――城主豊国に叛き、これを逐った森下、中村の両名を切腹させれば、経家以下の城兵すべて無事に退城することを認める。

という頗る寛大な条件を述べた。

が、経家は首を横に振った。

「両人に切腹せしめて、自分一人何の面目あって城を去ろうぞ、願くはこの経家にも切腹を許されよ」

堀尾が秀吉の指令を仰ぐため退城してゆくと、森下、中村の両名は、到底助からぬものと覚悟して腹を切った。

経家はその旨を秀吉に報らせ、この上は自分も直ちに切腹する故、検使をよこしてくれと申入れる。

廿五日朝、堀尾が酒肴を携えて城にはいると、経家は広間の正面に具足唐櫃《からびつ》を飾り、用意の首桶を前にして待ち受けていた。

検使との挨拶を終え、最後の盃をくみ交わすと、白の越後帷子《かたびら》に着換え、脇差を腹に突き立てて右に引き廻した上、引き抜いて鳩尾《みぞおち》を刺し臍まで切り下げて、首をさしのべる。介錯の侍臣福家光三郎がその首を落とし、経家の脇差を押し頂いて、その場で屠腹して後を追った。

城兵の退去は、翌廿六日朝から行われた。

人間というよりも、幽鬼というに近いような、浅ましいまでにしなび縮んだ骨ばかりの人々が、よろよろとして出てきたが、

「陣屋の傍らにカユが用意してあるぞ」

と聞くと、眼の色をかえ、よろめきころがりながら走り出した。折角この日まで生きのびながら、カユを余りに急いで多量に喰い過ぎたため死亡したものが九十二名に

あがったという。

大坂城の人間石

大坂城(江戸以前は大阪と書かず大坂と記した)は、二度落城の悲運を経験している。最初はいうまでもなく、元和元年(一六一五)いわゆる大坂夏の陣の結果で、同五月八日、力つきて落城し、秀頼淀君以下主だったものがすべて自害した。第二回目は、それから二百五十三年経った慶応四年(一八六八)一月、いわゆる伏見鳥羽の戦が行われた直後で、同九日、慶喜以下すべて遁走して空っぽになった城は、自然開城の形で薩長軍に占領された。

この二回の大坂落城が、それぞれ徳川氏の覇権の確立と、その没落とにつながっているのは頗る興味がある。

まず、元和の夏の陣においては、徳川氏に対する最後の対立者である豊臣氏が完全に滅亡した。もちろん、これより十五年も前、関ケ原役においてすでに徳川氏の覇権は決定されていたが、何といっても旧主家に当る豊臣氏の大坂城に頑張っていることは、徳川氏にとっては目の上のこぶだったに違いない。ところが、この大坂夏の陣によって、豊臣氏が全く抹殺され、徳川氏の権威は名実ともに完全になったのである。

これと対比して第二の大坂落城は、徳川氏勢力の決定的な敗北を、天下に曝露した。徳川氏はこの前年、政権を朝廷に返還してはいたものの、未だ全国第一の大名であり、尨大な軍力と信服する大名群を従えており、新政府に対しては、強大な敵国として、いつまた覇権を奪回するか分らない形勢にあった。事実、この一月三日、幕軍が大坂から京に向って進発したのは、政権奪還の目的をもっていたものとみてよい。だが、伏見鳥羽で薩長軍に阻止され、戦って敗れた。大坂城にいた前将軍慶喜以下幕閣の重臣はことごとく脱走、事実上、空虚となった大坂城は容易に薩長軍の手に落ちた。徳川氏はこれで完全にその無力を天下に示し、再び起つ能わざる打撃を受けたのである。

江戸で幕府を起こし、江戸で二百七十年に亘る政権を行使した徳川氏が、大坂城を攻略することによってその政権を完璧なものにし、大坂城を落とされることによって、政権の座から転落したのである。とすれば、江戸の徳川氏の全運命は、常に遠く大坂において決定されたといってもよいことになる。

今この二つの落城を思い浮かべてみると、比較にならぬほど、第一回の落城の方が強烈な印象を与える。

現に大坂城址を訪れる人のほとんどすべてが脳裏に思い描くのは、元和の落城風景であり、秀頼淀君の悲痛な自害であり、真田、木村、後藤らの華々しい奮闘ぶりであろう。おそらく、慶応四年の落城のことを想起するものは絶無、もしくは極めて少ないものと思われる。

しかし、現在残されている大坂城址は、元和落城の際の大坂城とはかなり異なるものである。豊臣秀吉が築いた大坂城は、慶長十九年冬の陣の結果、内外の濠を埋められ、建物を破壊され、惨憺たる姿にされてしまったのである。

さればこそ翌元和元年の夏の陣には、大坂方は城に拠って戦うことを諦め、城外遠く道明寺・若江・岡山口の辺りに出撃し、衆寡敵せず敗退したのである。そして、内応者によって天守閣に火を放たれ、主たる殿舎のことごとくを焼失して無惨な落城となった。

その後、徳川秀忠はこの大坂城の徹底的改築を行った。それはむしろ新しい城を旧い城跡の上に築き上げたといった方がよい位である。主として旧豊臣系諸大名の財力を消耗させる目的で、莫大な工事を分担させ、徳川氏の威信を示すに充分な新大坂城を建設したのである。

これが、現存する大坂城の原型である。これもまた、慶応の落城の際火を発して多くの建造物を消失し、見る影もないものとなってしまったが、それはもともと、豊臣氏の築いたものとはかなり異なるものだったのである。

*

さて、標題の人間石のことに戻ろう。

今、城に面する雁木坂の方から、水道貯水池の下の方の石垣のあたりを、熟視して見給え。つみ重なった石垣の、上から六段目あたりに奇怪な形をした円形の石が見える。人々はこれを人間石と呼んでいる。

なるほど見れば、凄じい形相をした人の顔のように見える。大坂夏の陣の落城の際、大坂方は二万人の死者を出したという。日本国内戦史上最大の死者数である。この二万の人々の怨霊が凝って、人の顔になったのだと伝えられている。

が、それは本当ではない。事実ならばそのいい伝えは、三百年前から存在しているはずだ。ところが、この人間石の伝説は明治になってから生れているのである。

その根拠は、慶応四年の落城にある。

一月三日、上京を図る幕軍と薩長土の軍とが衝突し、四日五日と戦いがつづいたが、一万五千の幕軍は、わずか五千の薩長土軍に打ち破られて敗退また敗退。

六日、藤堂藩が朝廷側に寝返ったため、幕軍は一斉に大坂へ引揚げてくる。

大坂城にいた慶喜は、

――江戸に戻って再起を図る。

と称し、松平容保《かたもり》同定敬《さだあき》ら数人の幕僚を従えて城を脱出し、軍艦に搭乗して江戸へ逃げ帰ってしまった。

大坂城に引揚げてきた幕軍は、慶喜を擁立して、あくまで戦うつもりでいたのだが、肝心の総大将が、

――よし、自ら出陣するぞ、
と部下を瞞しておいて、さっさと遁走してしまったのであるから、どうしようもない。全軍悲憤しつつ算を乱して各々の藩地や江戸へ逃げ戻る。

全くこの時の慶喜の行動は、ただだらしがないという一語につきる。

たとえ、伏見鳥羽で敗れたとはいえ、なお朝廷軍の二倍三倍の兵数を保持しているのだし、天下の要害大坂城を保っていたのだ。

何故、大坂城に立て籠って、一戦を試みなかったのか。

元和の昔、女人である淀君でさえ秀頼を擁し、天下の浪人共を駆り集めて徳川氏の

率いる全国の兵を対手に立派に闘ったではないか。

慶喜がもし死物狂いで戦ったならば、十日や廿日は城を維持できぬことはない。否、後に会津若松城が数カ月に亘って屈しなかったことを思えば、ひと月やふた月は容易に頑張れるはずだ。その中には、関東からの援軍も来よう、優勢な海軍を活躍させて、敵の海上補給路を断てば、戦局の結末はどうなったか分らない。仮に敗れたとしても、武人の本懐であろう。これほどの城と多くの兵を持ちながら、敵の姿も見ないうちに城と部下とを棄てて逃げ出した将軍などというものは、源頼朝以来七百年の武家時代に、慶喜以外には一人もいないのである。

慶喜の脱走、幕兵及び藩兵の脱出の後、城内にはわずかに目付妻木頼矩の率いる一小部隊が踏み止まっていた。九日、長州隊が入城して来て城受取りの談判中、城中に火を発し、各所に延焼して主たる建物はすべて焼失してしまったのである。

これより先、七日未明、

――慶喜殿が遁げられたぞ、

という噂が、電光のごとく城内に伝わった時、城壁の上に躍り上がって、狂えるもののごとくわめき立てた男がいる。

会津の郷士で一時新選組にはいっていたという中川藤蔵であった。

髪をふり乱して怒号し、将軍を天下の卑怯者と罵り、未曾有の恥知らずと叱咤し、制止する者を蹴り落とし、凄じさの限りをつくしたが、やがて、

——もはや男の生きる世ではないと思わるるぞ、

と叫ぶや否や、腹押し開いて脇差をつき立て、きりりと右に引き廻して引き抜き、喉を貫いて石垣の上から飛び降りた。

六段目の石にひっかかって、とんぼ返りを打って濠の中に転落したという。

その石が、凄愴な人間の表情を示すに至ったのは、実にこの時からなのである。

郡山城の怨霊

享保九年（一七二四）以来、柳沢吉里が城主になった大和の郡山城に、武田阿波の怨霊という話が伝わっている。

奇妙なことにはこの話はまったく違う二つの系統に分れているのだが、まずその一つについて述べよう。

吉里は甲府から郡山に移封された。甲府領も郡山領も表高は同じ十五万石だが、甲府の方は実高は二十七万石あったというから、郡山移封後は、柳沢家の財政がすこぶる苦しくなったことは当然であろう。

家老の柳沢権太夫は、山東新之丞という身分の低い男が計数に明るく理財の道に長じていることを知ってこれを登用し、藩の財政建直しを命じた。

山東は相当思い切った手段を講じ、家中の侍の俸禄を半減したり、年貢を増徴したり、山林を伐採して売却したりして、何とか財政整理に成功したので、どんどん取り立てられ、享保十三年には早くも家老に任ぜられ、その名も武田阿波守と改めた。

権勢の地位についた武田は、自分の手腕に対する自信もあり、ますます思い切った藩政改革を断行したため、次第に家中の反感を買うようになった。

武田が腹心としたのは、番頭《ばんがしら》の水島図書と寺社奉行の一色右京の兄弟である。水島、一色は妹の類美子《るみこ》が吉里の妾になったため出世したのだから、大した人物ではない。

武田は確かに藩に対して大きな功績をあげたが、同時に権勢を誇って奢侈僭上《しゃしせんじょう》の面もあったらしい。水島や一色が、巧みにとり入って煽ったためでもある。

――家中一同に節約耐乏を要求し家禄の半ばを減じながら、自分たちは贅沢をやっているとはけしからぬ。

――成上がり者めが。妹を殿の側室にして、天晴れ手柄でも立てたつもりか。

と、武田、水島、一色らに対する家中の憤懣は次第に強くなる。

武田の支持者である柳沢権太夫が死ぬと、反武田運動が急速に拡がった。反対側の中心人物である柳沢主税は遂に直接幕府に訴え出た。

吉里は愕いて、武田らを捕縛し、打首に処した。享保十六年のことだ。

『青柳秘事』という本の中には、大分事件が脚色されて記されている。武田が柳沢家乗取りを策し、医師の中小路三郎に命じて、殿の一人娘由良姫を毒殺し、殿に放蕩《ほうとう》をすすめた。忠臣柳沢主税はこれを憂え、しばしば諫言したが用いられないので出奔し、中小路一味の口から毒殺の陰謀を嗅ぎ出し、幕府に訴え出た。

よく調べてみると、武田も中小路も島原のキリシタン一揆の残党であることが暴露したので、一同斬罪、獄門に梟《さら》された、ということになっている。これはおそらく、話を面白くするためにつけ加えられたものだろう。

事実は、敏腕の新参家老の急進政策と、より無能な旧派の保守政策が衝突し、前者が敗れたということに違いない。

その一つの証拠は、この後、武田の怨霊がしばしば祟りをなしたので、生駒宝山寺の座主を城内に招き、七日七夜にわたって慰霊の供養を行ったり、五軒町の旧武田邸址に、小祠を建てたりしていることである。

武田阿波が本当の悪人ならば、処刑した後で、いかに祟りがあっても、その怨霊を慰めるため、こんな鄭重なことはしないはずだ。

武田を断罪した保守派の連中は、内心ひそかに自分たちにも罪があると自覚し、恥じる心があったから、祟りがあると非常に怖れ、謝罪の意味で、急に慰霊の供養をしたり、祠を建てたりしたのである。

*

怨霊伝説の第二のものは、第一のものとまったく違って、ひどく色っぽい話である。

柳沢吉里の家老武田阿波は、今業平《なりひら》といわれるぐらい、非常な美男子であった。吉里の妾の一人である類美の方は、主君の寵愛が他の女に移って、夜毎、空閨《くうけい》の淋しさをかこっていたが、いつしか阿波の美貌に想いをこがすようになった。

――女と生れたからには、たとえ一夜でもあのような美しい殿御にしっかりと抱かれて濡れてみたい。

と侍女に頼んで恋歌を送る。

――恋ひこがるわらはの思ひかなふ夜の、契りはいかに楽しからまし

という下手くそな、しかも露骨な歌であった。歌道のたしなみの深い阿波は苦笑したまま、黙殺した。

類美の方の邪恋は、ますますつのる一方、今度は長い手紙を書いて阿波の許に届ける。

阿波は、とり合わない。

類美は、とうとう、堪りかねて、吉里が鷹狩に出た留守中、阿波の執務中の部屋に

やってきて、

——一期の願い。私を哀れと思うて。

と、かき口説いた。

謹厳な阿波は、愕き呆れて、

——そこ許《もと》さまはかりにも主君《との》の側室、家臣である私がどうして殿を欺いて道ならぬことができましょうぞ。早々にお引取りなされ。

と、手きびしく戒めた。

——道ならぬことは分っています。でも諦められないのです。

と、とりすがろうとする類美を突き放した阿波が、きっとして立ち上がり、

——恥を知るがよい。淫らなっ。

と一喝し、さっさと部屋を出てしまった。

類美は自室に戻ったが、口惜しくて堪らない。

吉里が城へ戻ってくると、

——殿のお留守を幸いに、武田阿波が私の部屋に押し入って口説き、手ごめにしようと致しました。私、必死の思いで逃げましたが。

と、ざん言に及ぶ。

単純な吉里は、それをそのまま信じた。もう寵愛衰えた妾でも、やはり自分一人のものにしておきたかったらしい。或いは、日頃から美貌の阿波が、主君である自分よりも女人にもてるのをいまいましく思っていたのかも知れぬ。

直ちに阿波を捕縛した。

阿波が、まったく身に覚えのないことと極力弁解したが、嫉妬に狂った吉里は聞き入れない。

武田家断絶、阿波は切腹を命じられた。

のみならず、阿波の倅で、五歳と三歳になる幼児まで打首の命が下る。

阿波は死に臨んで、

——無実の罪で死ぬのは無念だが、これも宿世の因縁と諦めよう。ただ幼い二人の児まで道連れにするのは余りにも無惨。せめてもの慈悲には、二人の命を許して頂きたい。

と切願したが、吉里は、

——ならぬ。小わっぱも斬れ。

という。阿波は物凄い眼つきで吉里の方を睨み据え、

——御当家七代まで祟り申すぞ。

と大声に叫んでから、腹に短刀をつき立てた。

二人の幼児を打首の場に引き出した役人は、さすがにその首を打ち落とす勇気がなく、互いに顔を見合わせる。

だが、主命はどうしても実行するほかはない。検使の二人が、それぞれ手にしていた扇子を幼児に与え、

――きれいな扇子じゃ。開いてみるがよい。

というと、二人の幼児はいわれた通り、扇子をパッと開き、金泥で描かれた模様に、

――きれいじゃ。きれいじゃ。

と、顔を近づけて悦ぶ。その瞬間、刃が二つの小さな首を打ち落とした。

阿波の怨霊が現れたのは、その夜からである。白装束の切腹姿で、毎夜、吉里の枕許に現れて吉里を悩ましたので、吉里も極度の神経衰弱になってしまった。

類美の方も二人の幼児の亡霊に襲われて病死する。その上、いろいろな災危がつづく。

吉里は、盛大な慰霊祭を行って漸く阿波の怨霊を鎮めたという。

以上二つの伝説の中、どちらが真に近いのであろうか。

津城の若武者

津城は、永禄年間に細野壱岐守藤敦《あつ》が築いた安濃津《あのつ》城を、織田上野介信包《のぶかね》が大々的に改修したものである。

信長の弟に当る信包は、本丸、二の丸を整備し、石塁を築いて内外の濠をめぐらせ、五層の天守閣を設けた。

信長の死後、秀吉政権の下で、信包は近江に移封され、その後に富田左近太夫知信（知高）が五万五千石を与えられて、この城に入った。文禄四年である。

知高は要領のよい男だったらしい。秀吉が死ぬと、巧みに家康の麾下《きか》に鞍替えした。

慶長五年、関ケ原役の起こった時の城主は、知高の子信濃守信高である。

信高は、この時、家康の上杉景勝討伐軍に従って、野州に滞陣していたが、関西で石田三成が兵を挙げたという報せがくると、早速、家康の許に呼び出された。

——伊勢湾の海上権を西軍に奪われては一大事、わが軍が尾州を押えるまで、西軍を津城にひきとめておいて貰いたい。

といわれて、振い立った信高は、夜を日についで伊勢に馳せ下り、津城に入って防備を固めた。

八月二十三日、西軍の将、毛利秀元は、吉川広家、宍戸元次、鍋島勝茂、竜造寺高房らの諸兵力を合せた二万の大軍をもって来襲、数日間にわたって猛攻撃をかけた。

城兵はわずか一千五百、必死に防ぎ戦う。

その防戦ぶりの目醒ましさは、敵方である西軍でさえ、舌を捲《ま》いて感歎したほどであったという。

ことに激しかったのは二十五日の合戦である。

この日、城主富田信濃守信高は、自らの手勢を率いて大手の門を打って出て、むらがる敵勢の中に斬り込んでゆく。

——あれは敵将、信濃守信高ぞ。

——ひっくるんで討ちとれ。

と、敵兵たちは、信高をめがけて、十重二十重におっとり囲む。

信高はもとより、馬廻りの城士たちはここを先途《せんど》と闘ったが、多勢に無勢、あるいは斃れ、あるいは傷つき、いつの間にか信高のまわりに味方は一人もいなくなった。

それ討ちとれと、迫ってくる敵兵に、さすがの信高も、すでに気力つきて危く討死かと見えた。

この時、城門の方から、緋縅《ひおどし》のよろいに半月打ったる兜の緒をひきしめ、片鎌の手槍をひっさげた若武者がさっと馬を飛ばして馳せつけてきた。

今や、疲労の極にあった信高に致命的な一撃を与えようとしていた毛利勢の勇士中川清左エ門の前に馬を躍らせ、

――見参！

と、高く清らかな一声、さっと槍をつき出す。この凄じい穂先に、中川は驚いて身をかわしたが、若武者はすかさずつきまくり、その左の太股をぐっと貫く。

中川たまらず、どっと落馬し、両脚を上にはね上げて倒れた。若武者は馬上から、その草ずりの下を深くつき刺した。

――中川どのが殺られたぞ。

と、打ち寄せてくる敵兵の間を、若武者は縦横に馬を飛ばせ、左右に槍をつき出して、たちまちの中に二人を刺し殺し、四人を傷つけ、これはと驚いて逃げ走る敵兵をのがさじと追いまくる。

余りのはげしさに、寄手はどっと引いていった。その間に信高はかろうじて城門内にひきとる。

——あの若武者は、何者ぞ。

と、信高が、敵を追い散らして、しばし息をついている馬上の武者を見れば、十七、八歳、容顔輝くような美少年である。

しかも、その美少年が爪紅《つめくれない》の扇をうち開いて、闘いに汗ばんだ襟元に風を入れているさま、大胆不敵というほかはない。

敵勢もただ茫然とみとれている。

やがて馬を返してきたその若武者を、とくと見定めた信高が、

——あっ。

と、仰天した。この美少年、正しく、信高の正室、みのの方（宇喜多安信息女）だったのである。

＊

みのの方の奮戦に勢を得た城兵は、必死に闘って断じて屈服しない。

大手口の分部町、北の地頭領口、西来寺口などは全く灰燼《かいじん》に帰し、名刹《めいさつ》観音寺の本

堂も焼失した。

——このままでは惨状極まりなし。

と、たまたま津にやってきていた高野山の木食《もくじき》上人が見かねて仲裁に入り、両軍に和睦をすすめた。

すでに東軍の藤堂、黒田勢は尾州を制圧している。信高としては、命じられた目的は達したわけである。

木食上人の勧めを容れた開城、信高は若武者姿のみの方を伴って、堂々と城下を引き揚げていった。

関ケ原役後再びこの城に戻ったが、慶長十三年、伊予宇和島へ移封。

富田氏の後に津城主となったのが、藤堂高虎である。これは二十二万石（後に三十二万石）の大封であるから、それにふさわしいように、城の大々的改築を加えた。

信高の時代に、もう一つ、この津城について伝えられていることがある。いわゆる富田の猫騒動だ。

信高の子息千丸君が、原因の分らぬ病にかかって、日夜悩まされ、苦悶する。

——尋常の病ではない。何かの祟りであろうか。

と、家臣たちが額を集めていると、典医の一人が、

——奥御殿に勤める老女の中に、いつも綿帽子をかぶって俯向き加減にしていて顔をみせないのがいる。どうも変だ。

という。家老の渡部三左エ門が、

——よし、そやつの正体みとどけよう。

と、その老女がやってきた時、躍りかかって綿帽子をとると、老女と思ったのは年古《ふ》りた怪猫であった。

一同が取り囲んで引っ捕え庭の梨の木にしばりつけ犬をけしかけて噛みつかせようとしたが、凄じい怪猫の眼に睨まれると、犬の方が怖れて尻込みする。

大手の橋のらんかんに縛りつけて、翌日は城士全部を集めてその面前で処刑することにしたが夜陰にまぎれて鎖を噛み切って何処へともなく逃げてしまった。

——しまった、早く殺しておけばよかった。

と、城の附近一帯を狩り立ててみたが、遂にその姿を発見することはできなかった。

しかし、千丸君の病気は、けろっと癒ってしまったという。この富田の化猫は、その後、藤堂高虎の時代にも出没して大騒動を起こした。

化猫騒動は、有馬家を始め、あちこちの大名屋敷に伝えられているが、むろん、何の科学的根拠もない愚劣ないい伝えに過ぎない。

未発達な医学で癒し得ない病気などを、猫の祟りということにしてしまった場合もあろう。家督争いや家臣同士の争いがこじれて、どうにもならなくなった場合に、化猫の謀略にしてしまうこともあるだろう。

そういえば、富田信高が伊予の宇和島に移ってからその一族に紛争が起こり、どうしても解決しなかったため、信高はその責任を問われて陸奥国岩城に閉居を命じられた。これも、怪猫のたたりだといい伝えている。

また、大正十一年、津城の旧西鉄門附近に工事用の杭をうったところ、下から大きな石穴が発見された。横幅約二メートル、高さは少しかがめば人が通れるほどである。抜け穴らしいと騒がれたが、二十メートル位しか進めなかったという。化猫はこの穴を伝って逃げたのだという伝説が直ちに作り出されたが、もうこの頃は誰もそんなことは信じなくなっていたらしい。すぐに忘れ去られてしまった。

名古屋城の金鯱

鯱《しゃち》というのは元来、イルカ科に属する海の動物で、広くインド洋を遊泳し、鯨でさえ襲うといわれているが、室町時代から城郭の屋上にとりつけられるようになったのは、それを象徴化した非現実的海魚である。

一見すると虎と魚の合成物のような奇怪な姿をしているが、いかにも獰猛勇壮な相貌を持っているため、敵を威圧する意味もあるが、もともとは、鯱は鯨のように水を噴くものとされたため、火災除けのまじないとして屋上におかれた。

姫路城などは、大天守だけで十一個の鯱が天に躍っているが、通常は天守の上層に一対、多くても二、三対おいてあるだけだ。それらの中で、特に名古屋城のそれが、他を圧して著名なのは、いうまでもなく、それが黄金の鯱だからである。

この鯱の心木は加藤清正が作ったという伝説もあるが、もちろん嘘である。頭部がばかに大きくて、からだがはなはだ短い。眼が異常に後の方にくっついて、猛々しさの中にちょっとした愛嬌さえ感じられる。扇形の巨大な尾を深くそらせて拡げ、雄大な感じだ。しかもその全身が黄金で覆われているので、文字通り豪華絢爛《けんらん》である。

一対の南にあるのが雌、北にあるのが雄。

いずれも高さ八尺一寸五分、長さ四尺一寸五分、鱗《うろこ》は大小合せて二百三十六枚。作製された当時の使用金量は、大判で千九百四十枚、価格に直すと一万七千九百七十五両。慶長年間には、米一石が銀十五匁位だったから、それから逆算すれば、現在の十四億円位に当る。

南方一里を通る東海道や美濃街道をいく旅人も、その輝く光を望見することができたし、熱田の浜には金鯱の光のため、魚がよりつかなくなったといわれた。

名古屋城士はもちろん、城下の庶民たちがこれを城のシンボルとして、どれだけ誇りにしていたかはいうまでもない。

――みろ、あれが尾州徳川家の御威光をそのままに天下に示している。

という自負と歎賞の目をもって見上げていた金鯱に、ふっと妙な雑念がからみつくようになった。

人間が下品になったわけではない、罪は藩の財政にある。江戸中期以後、各藩とも例外なしに、藩の台所は苦しくなった。年貢増徴、禄米借上、借金、倹約奨励―どうやっても収支のつじつまが合わない。

――困った。

と、空を仰いで歎息した時、当然、眼に入るのは、金色燦然《さんぜん》たる金鯱である。

――あれを鋳直したら。

誰が最初に考え出し、誰が最初にいい出したかは分らないが、

――あれは金の純度の極めて高い慶長大判を薄くのばして張りつけたものだ。あれを、もっと純度の低い金に変えても、外見は大して変りはないだろう。国用逼迫《ひっぱく》の折柄、あのままではもったいない。

ということになった。

享保十一年のことである。

心木の朽損個所を修理すると称して、天守の屋上からとり下ろし、金の鱗を、鋳《い》つぶし、純度の低い金にとりかえた。もちろん一般には内密に、天守東側の広場に塗籠《ぬりごめ》の小屋を建てて、その中で吹替えをやったのである。

一度、この味をしめると、文政十年にも、弘化三年にも、資金捻出のため、同じような吹替えをやった。鱗の金質は、最初のものとは比較にならない純度の低いものに

なった。

　ともあれ、藩当局でさえ、金鯱をみて、その雄渾豪奢な姿に、藩の威風をしのぶよりも、その貨幣的価値に心を動かすようになったとすれば、一般庶民が同じようなことを考えるようになったのは当然であろう。

　――なんとかしてあいつを盗めねえかな。

　と、舌なめずりした奴も必ずいたに違いない。年中これみよがしに光り輝いている山吹色の魅力は遂に、金鯱盗人柿木金助という伝説を生んだのである。

＊

　柿木金助は実在の盗賊である。宝暦十三年磔《はりつけ》刑に処せられた。だが、彼が凧《たこ》に乗って天守の屋根に降り、金鯱を盗んだというのは、作りごとである。当時、天守閣の修理が行われたり、御金蔵に盗賊が忍びこんだりした事実があったのにからませて、芝居作者がでっち上げたでたらめに過ぎない。

　だが、実際に金の鱗が盗まれたことが三度ある。いずれも明治以降のことだ。さすがに旧藩時代に城の天守から盗むほどの奴はいなかったのであろう。

　最初の盗難事件は、明治四年二月。

名古屋城破却の議論が起こり、金鯱も鋳つぶして旧藩士の救済資金に充てようということになり、天守から取り下ろされ、陸軍名古屋分営に保管されていた。

盗んだのは、その番兵北田義方である。

けちな男で、盗んだのはたった三枚、石垣の中に埋めて匿しておいた。

すぐに見つかり、犯人の北田は練兵場に引き出されて銃殺された。今ならこんなことで銃殺されるはずもないが、まだ旧幕府時代の厳しい法律が適用されていた頃だからである。

この盗難事件のすぐ後で、金鯱は宮内省に献上された。

翌五年、雄の方をウィーンの万国博覧会に出品、雌の方は同七年金沢内国博覧会に出品した。すこぶる評判がよかったので、名古屋では、金鯱が惜しくなり、安場県令に頼んで宮内省にお百度をふみ、明治十一年に再び、この天守閣に逆戻りした。

第二回の盗難事件があったのは、宮内省で東京博物館に委託保管中であり、怪賊が侵入して金鯱の一部を盗み去ったというが、詳細は不明である。宮内省の面目上、おそらく極秘の中に補修してしまったのであろう。

第三回の盗難は、昭和十二年一月。

年もあけて間もない七日朝、市の技手をしていた男が、なに気なく天守を仰ぐと、旭光に輝いているはずの金鯱の半ばが、どす黒い地肌を出しているのを見つけて仰天した。

所轄の新条署で早速調べてみると、北側の雄の方にかぶせた金網が一尺四方ほど破られ、なんと金鱗五十八枚がペンチで剝ぎとられている。雄の鱗は百十八枚だから、半分をごっそり盗んだわけだ。

怪盗は、市が城の実測図を作るために天守に架けておいた足場を利用して、夜陰に乗じて屋根によじ上ったものらしい。

警察では各新聞社に記事掲載禁止を命じると共に、極秘裡に必死の捜査をつづけた。その結果、

――犯人はおそらく金鱗を鋳つぶして金塊とし、少量ずつ大阪方面に売却するであろう。

と、目星をつけ、大阪府刑事課の応援を得て、大阪市内の貴金属商・地金商に厳重な手配をしていると、果して一月廿三日午後、大阪市東区平野町の今岡時計貴金属店に、中年紳士風の男が現れて、長さ七寸、直径四分位の金の延棒六本を示し、

「一匁五円二、三十銭で買ってくれぬか、よければまだ二貫目位ある」

という。

——明日、お引取しましょう。

といって帰し、翌日刑事が張り込んで、逮捕した。

犯人は佐々木という当年四十歳の男、名古屋刑務所から、前年末出所したばかり。行方の分らない妻子を探す金が欲しさに、拝観者に混って城に入り、小天守裏の物置にかくれて夜を待ち、屋上によじ上ったのである。

懲役十年をいい渡された。

事情を知りながら、鋳潰しを引き受けた根本某、その売捌きの一部を引き受けた水樋某の両名もそれぞれ懲役一年、同八カ月を判決されている。盗品はすべて買い戻し、三月九日の金鯱の修復を終えた。

それから八年後、空襲によって金鯱は天守もろとも灰燼に帰したが、戦後昭和卅四年天守再建に伴って、新しい装を以て再現されたことは周知のごとくである。

犬山城の執念

北原白秋は、木曽川に臨む丘陵の上に、こよなく豊麗な美しい姿を見せている犬山城の天守閣を、日本ラインの白い兜と呼んだ。

荻生徂徠は元文の頃この地に遊んで、その絶景に恍惚《こうこつ》とし、李太白の詩から、白帝城という名をとって犬山城に付した。

木曽川と犬山城との、比類のない調和をほめたたえたものは無数にいる。

まことにその夏の朝の遠望は、岩壁に爪をめり込ませた荒鷲のように英気颯爽としているし、春の霞の中に屹立する時は、秀麗な若武者のごとくに艶やかである。

だが、この優美な犬山城に住んだ代々の城主は、尽きることのない一つの執念を、二百数十年にわたって抱きつづけたのだ。それは時にはドス黒く沈澱し、時には紅蓮《ぐれん》の焔をあげて燃え上がり、典雅な城の姿にはおよそ似つかわしくない形相を見せたのである。

ことの起こりは、元和四年成瀬隼人正《はやとのしょう》正成がこの城の主となった時にある。成瀬正成は少年の頃から徳川家康の側近に仕え、武功と政治的手腕との双方において群を抜き、家康の晩年には、その重臣の一人となっていた。このままでゆけば、彼はおそらく徳川家創業の元勲の一人として譜代大名中の有力者となり、その子孫は幕閣に重要な地位を占めるようになったであろう。

ところが全く思いもよらぬ事態になったのである。

慶長十五年、家康は愛児義直を尾張に封じたが、その傅役《もりやく》として松平周防守康重を選任しようとしたところ、康重は固辞した。

理由は簡単である。義直の傅役になるということは尾州家の家臣になることであり、即ち、将軍家の直臣から陪臣になり下がることだからだ。

家康は当惑し、成瀬に相談した。

その苦悩を見かねた正成は、

——直臣も陪臣も、徳川家に忠節をつくすことにおいては変りはない。

と、進んで、その役を引き受けることを申し出たので、家康は非常に悦んで、

——決して陪臣の扱いはせぬ。

と、手を取って礼をいい、銘刀一振を与えた。

正成は、慶長十七年平岩親吉《ちかよし》が死んでから後、数年間無城主となっていた犬山城三万五千石の城主となり尾張徳川家の国老として、幼主義直を助けた。

正成の嗣子正虎も、尾張二世藩主光友の家老として重責をよく果した。

が、三代正親、四代正幸とつづき、五代正泰、六代正典となるにつれて、成瀬家当主はもちろん、その家中の者の間には、抑え難い憤懣がわき上がってきたのである。

なぜならば、犬山城主成瀬家は、たとえ三万五千石を領していても単なる陪臣であって、諸侯の列にははいらない。従ってもちろん、幕府の要職につくこともできず、江戸城中に座席さえも与えられない。その点では、一万石の大名にも劣るのである。

――藩祖、隼人正殿は徳川家に対する忠誠心から進んで尾州家の傅役となった。東照公は決して陪臣扱いはせぬといわれた。にもかかわらず、わが成瀬家は、永久に陪臣として扱われねばならぬとは何という不合理か。

そうした不満は、尾張藩から犬山藩を独立させたいという悲願となったのである。

――われわれはもともと将軍家の直臣である。尾張家への付従を辞退し、幕臣に復帰して独立の大名になろう。

こうした独立運動は、遂に成瀬家七代の正寿《なか》に至って表面化するに至った。

同じ境遇にある水戸の付家老《つけがろう》中山家、紀州の安藤家、水野家などと連絡して協力を約束し、幕府の要人にも内々猛烈な働きかけをやり出した。

このため、正寿は在職三十年の中二十八年余を江戸にあって暗躍し、尾張に在勤したのはわずか二年足らずという有様であった。

＊

正寿の示威運動は次のごとくである。

その一——江戸にいる間も、外出に当っては殊更に華美な行装をととのえて江戸市民の目を奪い、成瀬家はもともと幕府の要人である本多、青山、酒井などと同列である、尾張家の家老は東照公の依嘱によって、兼務したに過ぎぬ、という態度を誇示した。

その二——天保七年、彼は幕府に向って、大名一般と同じく、将軍代替り毎に幕府に忠勤を励む誓書を提出すること、朔望（一日と十五日）や五節句に登城して将軍に目見得することなどの権利を要求した。しかし、これは水戸斉昭の反対によって一蹴された。

その三——尾州家十一世斉温の室として近衛家の姫を迎えるため、正寿の嗣子正住が京へ派遣された時にも、家中に布告して、「この度若君正住様は、尾張殿の御依頼によって云々――」といい、尾張家を主君扱いしていないことを明らかにした。その四――江戸から帰国した時も、尾張藩主に挨拶する前に犬山城にはいり、藩祖の廟に詣った時にもすこぶる不遜の態度を示した。

正寿の後を嗣いだ正住も、父の遺志をついで独立の意図をしばしば明示した。例えば、木曽で伐り出した官材を犬山で引き揚げて売却したり、他国へ移出を禁止されている米穀を積み出したり、酒造制限を無視して酒を造らせたり、犬山に交易市を開いて賭博を許したりした。これはみな、犬山領の政治は、尾張藩の指揮は受けないということを見せたものに他ならない。

しかし、彼にとって不運なことには、時世は凄じい急展開を示しつつあって、朝幕の抗争、対外問題の急迫は、一成瀬家の昇格運動など、幕府要人の眼中から払拭し去ってしまったのである。

正住は無念の涙をのみつつ、安政四年死亡、九代正肥《みつ》が後をついだ。

正肥は尊王攘夷の怒濤の中で、尾張藩主慶勝を助けて東奔西走し、そのために成瀬家独立の悲願はしばらく放棄するのほかはないように考えていた。

ところが、皮肉なことにも、この時になって、そのチャンスがぽっかりとやってきたのである。

慶応三年大政奉還、幕府は倒壊した。

もはや、成瀬家を尾張家に臣従させておく権力はなくなったのである。新しい天皇政府は、慶応四年四月、成瀬家を、独立の大名として諸侯の列に加えた。

藩庁が犬山城におかれ、今は名古屋藩と改称された旧主尾張藩に何の遠慮もなく、領内の政治を行うことができるようになった。

成瀬の当主正肥はもちろん、家中一般も、いな、領民たちも、二百数十年の悲願を達成して欣喜雀躍し、新しい藩作りに勇往邁進しようとした。だが、皮肉な運命は、ここで再び思いがけない転回を見せたのである。

犬山藩独立後、わずか一年で明治二年版籍奉還、同四年七月廃藩置県となって、犬山藩は永久に消滅してしまったのだ。

正肥は、本居を東京に移すと決めた日、天守に上がって、領国に別れを告げた。

夏の匂いが、爽やかな空気と日光の中に漂っていた。桑が肥え、梨が実り、青い水田のところどころに紅い蓮の花が開いている。豊かに水量を増している木曽川は、陽と飛沫を浮かべ、緑の濃い色をなして流れていた。

――これからはこの城も、静かに落ちついてこの景色を見下ろして暮らせるだろう。

そして川のほとりから、水の上から、この城を見上げる人たちは、この城がより清らかなみずみずしい美しさをもって聳え立つのを見るであろう。

正肥は、そう自分にいいきかして爽やかな気持で、いつまでも見事な眼下の景観に見とれていた。

稲葉山城の仇討

織田信長の弟信行が末盛城にいた頃のことである。信行の母堂の侍女に勝子というのがいた。非常な美女である。

信行の重臣佐久間七郎左衛門盛国が、一目みて惚れ込んだ。

ところが、勝子の方は、津田八弥という若侍に惚れていた。津田は三百石取り、少年の頃は信行と男色の契りがあったというから、美貌であったに違いない。八弥の方でも勝子を憎からず思った。

盛国と八弥とが、ほとんど同時に、信行に対して、勝子を頂きたいと申出ると、信行は、

「若い者は若い者同士」

と、粋なことをいって、八弥と夫婦にしてしまった。

八弥はお気に入りだったし、盛国は兄信長からつけられた監視役で、虫の好かぬ存在だったからだ。

盛国は髯《ひげ》づらをふるわせて憤った。

事ごとに八弥に難題を吹っかけ、侮辱する。

「津田、お前の三百石は、殿に尻を売って頂いたものだな。尻のおかげで光る。ホタル侍というやつだ。武芸などは何一つできぬ青二才も、のっぺりしたつらをしていると、得だな」

満座の中でそういわれた時、それまで堪えに堪えていた八弥が、たまり兼ねて反撃した。

「私も武士の端くれ、いささかながら武芸のたしなみはございます」

「これは驚いた。お前に武芸か、笑わせるな、薙刀おどりでもやるのか」

「弓ならば、佐久間様に負けぬつもり」

「こやつ、ほざきおる。よし、明日、弓の手合せをしてやろう」

翌日、的場で二人は弓術を競ったが、結果は意外にも、八弥の勝となった。八弥は、小笠原流射術の奥儀を許されていたのである。

盛国は、屈辱の念と、勝子をとられた恨みとを一挙に晴らすため、八弥殺害を企てた。

千代川紋平という部下と二人、八弥の屋敷に忍び入り、火を放つ。

「火事だっ」

という叫びに、八弥が、早くも白煙に包まれた玄関から外に飛び出した瞬間、横合いから肩を切り下げられた。

「何もの——」

と、脇差を抜きかけたが、第二撃を頭に受けて絶命する。

現場に落ちていた短刀の鞘から、犯人は盛国だと判明。信行が烈火の如く憤って、盛国を召しよせて詰問しようとしたが、盛国は千代川を連れて、いち早く逃亡してしまった。

逃込んだのは、信長のいた清州城である。

信長は、

「年甲斐もなくばかなことをしたものだ」

と呆れたが、舅に当る稲葉山城主斉藤道三の許に手紙を添えて逃がしてやった。

信行から盛国の引渡しを求めてくると、

「盛国なら斉藤の処に逃げたとか聞いた。怪しからぬやつ」

という返事。稲葉山城に使者をやって引渡しを要求すると、

「斉藤家を見込んで助けを求めてきたもの、武門の意地にかけてもお渡しはできぬ」

と、きっぱり断られた。信行にはとても斉藤道三と闘う力はない。泣き寝入りとなった。

勝子は、信行の前に出て、暇を乞うた。

「どうするのだ。城にとどまってはどうだ」

「私、稲葉山城に参り、盛国を討って良人の恨みを晴らします」

美しく優しい顔をした勝子が、きっぱりそういうのを聞いて、信行は驚いた。

「女子の手で、斉藤家に守られている盛国を討てるものではない」

と止めたが、勝子はどうしても聞入れぬ。信行もやむなく暇を与える。

勝子は八弥の忠実な家来であった川中辺喜右衛門とその伜忠太の二人を連れて、稲葉山城下に急いだ。

＊

勝子は若い娘に姿を変え、川中辺父子と共に、盛国を狙った。小さな末盛城とは違って、稲葉山城は尾濃第一の城。家中も多く、城下も繁昌を極めている。

盛国の所在はなかなか分らない。

喜右衛門が人夫に変装して城の近くを嗅ぎ回っている時、運悪く盛国の家来の千代川紋平に見つかってしまった。

千代川は、背後から忍びよって一撃し、引っとらえて、盛国の許につれてきた。

「こいつは八弥の家来だな、こいつがここに来ている以上、勝子も来ているだろう。どこにいるのだ。白状しろ」

と、ひどい拷問を加えたが、喜右衛門はどうしても白状せず、遂に責め殺された。

勝子と忠太はこれを知って無念の涙にくれたが、このまま城下にいては危い、といって城下を離れては、仇は討てない。

——虎穴に入らずんば虎児を得ず、思い切って城中にはいろう。

と、手蔓を求めて、勝子は稲葉山城の奥御殿に仕えることとし、忠太も御殿の番卒に使ってもらうことに成功した。

盛国は、城中のどこかにいるに違いないのだが、奥御殿にいる二人には、はっきりした所在が摑めない。

焦っていると、思いがけない機会がきた。

三月十五日、城内で吉例の御前騎射が行われるという。その騎射に参加する者の氏名が発表され、その中に盛国の名があることを、忠太が聞いてきたのである。

勝子は、奥方に願い出た。

「私、まだ御前騎射というものを見たことがございませぬ。奥方さまのお供をして拝観させて頂きとうございます」

新参ながらお気に入りになっていたから、即座に許しが出た。

三月十五日、騎射の行われたのは城内大馬場である。

周囲に仮桟敷がつくられ、道三、竜興父子、正室側妾、重臣連が居並ぶ。

美濃十人衆の序破急十八行につづいて輪乗り、千鳥足、躍り足など馬術の妙技が披露された後、当日呼び物の騎射にうつる。

一番の村山弥五兵衛以下十五名の射手が、次々に妙技を見せた。

盛国は十四番目、大鹿毛に打乗り、三人伏せの大弓握って現れ、馬を走らせつつ、ひょうと射たが、やや高すぎて的を外した。

その刹那、槍を握って馬場の警固に当っていた忠太が、たたっと盛国の前に立ち、馬の平首を槍先でつく。

棒立ちになった馬の鞍壺から、盛国がどうと落馬する。忠太すかさず、その股を槍先で刺し、戦闘力を奪った。

桟敷の上から、青竹の手すりを跳り超えて、足袋はだしのまま勝子が走り寄ったのは、その瞬間である。

「津田八弥の妻、勝子。良人の仇、佐久間盛国、覚悟！」

といいざま、左股の深傷によろめきつつ起き上がろうとしていた盛国の脇腹にぐさっと脇差を突きさした。

千代川が主の仇と走り寄ったが、忠太は、

「おのれは、おれの父をなぶり殺しにした奴、くたばれッ」

と、槍をしごいて戦い、これを、つき伏せる。その間に勝子は止めを刺した。

満場、騒然。

斉藤道三は、己れがかくまってやった盛国を女子に殺されたとあっては顔が立たぬと、勝子を処刑しようとしたが、夫人がともかく預りましょうと、その場を連れ去り、夜にまぎれて、忠太もろとも岡崎城の大須賀康高の許に逃がしてしまった。

盛国の兄、盛政が信長に訴え、信長から岡崎城主徳川家康に勝子の引渡しを要求してきたが、家康は拒絶。このため、信長と家康の間が気拙くなったことを知った勝子は、直ちに自害した。

忠太は生涯、栄泉寺の勝子の墓を守って過したという。

岩村城の女城主

美濃国岩村城は、海抜七百二十一メートルの峻嶮な山の頂にある。敵が来襲すれば、いずこからともなく雲や霧が湧き起こって周囲をとざし道を遮る難攻不落の要害として知られ、別名霧ケ城と呼ばれているものだ。

現在は、城の建物のすべてが失われてしまっているが、塁々たる石垣と、地形を利用した巧妙な縄張りは、ほとんど原形のまま残っており、典型的山城の遺構として頗る興味深いものがある。

永禄の頃、この城を領したのは、遠山景任《かげとう》である。武田、織田の両勢力の接点として重要なこの地に対して、その両方から誘いの手がかかっていたが、最初に成功したのは、織田方であった。

信長は自分の叔母にあたるおつやの方を、景任に嫁せしめて、己れの陣営に引き入れたのである。

周知の如く織田氏は美人系である。信長はそれを充分に活用した。彼はその妹を苗木友忠、浅井長政、織田信直に与え、その娘を蒲生氏郷、松平信康、滝川一益、前田利勝、丹羽長秀に与え、その姪を武田勝頼に与えていたが、叔母でさえ自分の政治的謀略の手段として、遠慮なく使ったのである。

遠山景任は絶世の美女おつやの方を得て大いに悦び、これを熱愛した。が、子どもが生れない。

信長は、その第五男の御坊丸を養嗣子として押しつけた。これに反対する重臣も多かったらしいが、おつやの方の色香に惑溺していた景任は耳を傾けなかった。

その上、生来あまり頑健ではなかった景任は、あまりにおつやの方を寵愛しすぎたせいか、次第に、健康が衰えてゆくのが見えた。

ちょうどこの時、武田の部将秋山伯耆守《ほうきのかみ》晴近が、二千の兵を率いて東美濃に侵入してきた。

元亀元年（一五七〇）のことである。

景任は遠山七頭衆と共に、これを迎え撃つために出陣すると共に、織田方に対して、援軍を依頼する。

信長の命を受けて救援にきた明智光秀の兵を合せて四千、秋山勢の倍に当る兵力であったが、甚しい苦戦に陥った。

第一に秋山晴近が頗る勇猛果敢、物凄い戦闘力を発揮したためであり、第二に遠山景任が甚だ頼りない武将ぶりを曝露したためである。景任は、心身ともに愛欲生活に消耗し、衰弱し切っていたのであろう。

しかし、ともかくも圧倒的な兵力の差と、明智勢の力戦とによって、辛うじて秋山勢を駆逐することができた。

が、その翌年の春、景任は、病死した。

おつやの方は、御坊丸を擁して、岩村城の主権者、いわば女城主となった。

戦国攻防の激しい時代にあって、これは正しく稀有《けう》のことである。

だが、岩村城の将士は、この類《たぐ》いまれな美しい女人を城の主権者として仰ぐことに些も不満をもたなかった、いな、むしろ、それを誇りにさえ思った。

むろん、織田方では、陰に陽に、これを援助し、御坊丸成長の日を待っていたことは明白である。

事態が急変したのは、天正二年二月のことであった。

秋山晴近が、再び軍兵を率いて、東美濃に侵入してきた。しかも全く不意打を喰らわせたので、遠山方が応戦準備をととのえる隙もないうちに、ひたひたと岩村城下に押し寄せてきたのである。

この際、おつやの方の示した勇気は、城兵一同を感奮させた。

彼女は自ら武装して城兵を励まし、守備を固め、更に城外に突出して敵を襲おうとさえしたのである。

美しい女城主の示したこの見事な闘志は、城兵に必死の防戦を決意させ、さすがの猛将秋山晴近も攻めあぐんで見えた。

*

或夜、城将の一人坪内国宗という男が、そっと城を脱け出て、秋山の陣営に赴き晴近に面会を求めた。

「私はもともと甲州の生れ、武田家に心を寄せるものでございます」

という。内応する気かと問うと、

「いえいえ、それよりも岩村城をまるまる手に入れる方法がございます。おつやの方は先殿が亡くなられてからずっとお独り、雄々しく見せてはおられても、心淋しく男恋しく思うておられます。秋山殿、あなたが、おつやの方を娶られ、岩村城主になられるのが最上の方法と思いますが」

この愕くべき提案に、晴近が茫然としていると、国宗は、

「城も城兵もそのまま助かるとすれば、反対するものはありませぬ。申入れてごらんなされい」

とすすめて、城に戻っていった。

晴近は部将たちと相談した上、翌日、城方に向って会談を申入れた。

自ら城の大手門に赴いて、おつやの方と会った晴近は、その美貌に眼を剝いた。おつやの方も、晴近の凜々しい武者振りに胸をときめかせたらしい。

「武田方に寝返って給われば、城には一指も染めぬ」

と、晴近は誓い、更に進んで、

「おもとを妻に迎えたい」

という。女城主の頰が紅らんだ。

「御坊丸は幼少、私がこの城を去るわけにゆきませぬ」

「去らずともよい、この晴近が岩村城にとどまりましょう、おつやの方の入婿として、私では不足でござるか」

そこまで考えてくれるのかと、おつやの方の心は、大きくゆらいだ。

こうして晴近はおつやの方の良人となった。岩村城の将士は、晴近が女城主おつやの方の婿としてはいったものと解釈して満足したが、世間ではこれを、晴近が岩村城を占領し、おつやの方を己れのものにしたとみなしたのはもちろんである。

が、二人にとっては世間の思惑などどうでもよかった。

若く強壮な晴近と、爛熟し切ったおつやの方とは、焔の如く燃え、嵐の如くぶつかり合い、何もかも忘れた。

「甲府の御館(信玄)は、私が織田殿の叔母であるそなたに溺れ、織田方に走るのではないかと疑っているらしい」

と晴近が眉をひそめると、おつやの方は、即座に、

「では、御坊丸を人質として甲府にお送りなされませ」

と答えた。

おつやの方が武田方に寝返ったばかりでなく、御坊丸まで人質に出したと知って信長が激怒したことはいうまでもない。

固く復仇を誓い、その機会をうかがっていると、間もなく信玄病歿。

ついで長篠の役に、武田勢大敗、もはや怖るるものなしと、信長は岩村城攻略を命

令した。

天正三年六月、織田信忠は三万の兵を率いて岩村城を囲む。城兵三千五百。死闘四カ月に及んだが、糧食つきて、落城必至の勢となった。

この時、攻撃軍から、城主以下信州へ退くならば、助命するとの申入れがあったので、晴近は開城を決意した。

が、これは罠《わな》であった。木実峠に待伏せた織田勢は、落ちてゆく晴近の一行に襲いかかって捕虜とした。

十一月八日、信長は晴近とおつやの方とを、岐阜長良の河原に引き出し、並べておいて、磔刑《はりつけ》に処した。晴近は一言もいわずに瞑目したまま絶命したが、おつやの方は、

「おのれ信長、助命と偽って現在の叔母を磔にするとは、非道の仕業、わが怨念によって已れの家運一代にして亡ぼしつくすぞ」

と絶叫したという。

福井城の驕児

福井城は、もと北ノ庄城といった。柴田勝家の築いたものである。勝家の敗北後、丹羽、堀、青木の各氏が城主となったが、関ケ原役後、徳川家康の次男結城秀康が越前六十八万石を与えられ、この城を大々的に改築して居住した。

慶長十二年（一六〇七）秀康が三十四歳で急死すると、その後を嗣いだのは十三歳の長子忠直である。将軍秀忠はその第三女勝姫を忠直の正室として与えた。

したがって忠直は、大御所家康の孫であり、将軍秀忠の甥であり、娘婿である。御三家以外では最高の大名だったといってよい。

ところが、このもっとも恵まれた運命の下に生れたはずの忠直が、二十九歳で領国を没収され、豊後（大分）に配流の身となり、幽居二十八年の末、侘しい生涯を終えることになった。

直接の原因は、大坂夏の陣にある。

この豊臣氏滅亡の合戦に当って、忠直は老臣本多伊豆守富正以下三万の軍勢を率いて加わっていたが、五月五日の戦闘に何の働きもなく、家康にひどく叱責された。

若い忠直は憤然として、

「最後の総攻撃には、是が非でも、大坂城に一番乗りをする。もしそれが出来なければ、領国を捨てて高野山に上るか、切腹して果てるほかない」

と、叫んだ。

七日未明、先陣の前田勢を押しのけて、遮二無二に城に迫る。

その正面にあった茶臼山には、紅の旗や吹貫《ふきぬき》が立てつらねられ、まるで山いっぱいにつつじの花が咲き乱れているかのように見えた。これこそ大坂方随一の名将強豪と聞こえた真田左衛門尉幸村の陣営である。

「名にし負う真田とは、良き敵ぞ。踏みにじって通れ」

と、越前兵一丸となって強襲をかけ、血戦死闘乱撃、前々日来の戦闘に疲労しつくしていた真田勢を、ついに完全に撃破した。

敵将真田幸村以下三千六百五十二の首級を挙げた上、勢に乗って大坂城の一番乗りに成功した。

合戦が終ると、家康は忠直を二条城に召し寄せて、

「さすがは秀康の伜。この度の一番乗りの功績は抜群。追って恩賞は沙汰する」

と激賞し、当座の褒美とし、初花の茶入を与えたし、秀忠も、

「天下統一は、そなたの働きによる」

と、貞宗の脇差を与えた。

若い忠直が有頂天になったのは当然であろう。

家臣たちを集めて祝宴を張り、

「いずれ加増があろう。今度の合戦に功名のあった者には充分に酬いようぞ」

と杯を挙げた。百万石ぐらいになるものと皮算用をしていたらしい。

ところが、家康も秀忠も、そのまま恩賞のことは忘れてしまったかのように、何の音沙汰もない。

忠直はひどく自尊心を傷つけられると共に、加増を約束した家臣たちに対しても面目を失ったと感じた。

忠直の乱行が始まったのは、この頃からである。

不満憂悶をまぎらすために、酒色に沈湎《ちんめん》し、所業も荒々しくなって、老臣の諫言《かんげん》も顧みない。

正室の勝姫は憤って、三歳になる仙千代を連れて江戸へ帰ってしまう。忠直は一向に行状を改める様子もなく、奸臣の小山田多門を重用し、その一党を登用したので、先代からの重臣たちは悉く忠直を見放してしまう。

こうした状況が江戸に逐一報告されたので幕府も棄てておくわけにゆかず、忠直を処分することに決定した。

これを知った忠直の生母清涼院が、自ら越前にやってきて懇々とさとし、将軍の意向に従って豊後へ移ることをすすめる。

怒り狂って拒絶するかと思われた忠直は、意外にもきわめて素直に生母の言葉を聞き入れて、配流地へ向い、そこで生涯を終えたのである。

*

忠直乱行の例として伝えられるものに、「一国女伝説」がある。

『続片聾記』によれば、ある夜忠直が天守閣で涼んでいると、一枚の美女の絵姿が飛んできた。その美貌にうたれた忠直が絵姿の主を探させ、関ケ原の問屋の娘がそれと知って召し出した。寵愛限りなく、一国にも替え難い女だというので一国女と名乗らせたという。

この絶世の美女は、なぜか決して笑顔をみせなかったが、ある時孕《はら》み女が死刑になるのをみて初めて笑いを見せた。

忠直は一国女の笑顔をみるために、国中の妊娠している女を、片はしから探し出してきて、惨殺したという。

庶民の妻で妊娠しているものは、お腹が大きくなっているのを隠すため、綿入れの厚い胴着や、幅の広い前掛を身につけ、前も後もぶくぶくになって肥満した女に見せかけて、捕えられるのを脱れたともいう。

忠直の行状について、『古今武家盛衰記』には、

――世人が将軍の婿として尊敬するので、驕りたかぶり、江戸参覲もろくにせず、日夜酒宴にふけり、美童美女に溺れ、あるいは近臣を殺し、山野に狩猟に出て百姓や旅人を殺害した。

と記している。

あるいは、孕み女を石臼でひき殺したとか、俎《まないた》石の上にのせて腹を割いて胎児をとり出したとかいう話まで伝わっている。

しかし、これらはいずれも中国の暴君伝説にみられる紋切型のもので、絵姿による美女発見も各地に同じ型の伝説が残っているから、信用できない。

それにしてもかなりの程度の乱行があったことは、たしかであろう。

尊貴の家に生れ、少年の頃大国の主となり、あらゆる人にちやほやされて育てば、わがままな、自尊心のむやみに強い、甘ったれた人間になってしまうのはやむを得ない。

何でも自分の思うようになると思い込んでいたのにあてにしていた恩賞が与えられなかったので、ふてくされて酒色に身をもちくずし、坂を転がる小石のようにますます深みにはまっていったに違いない。

しかし、性格的に悪質な青年ではなかったらしい。時には自分を反省してみることもあったに違いない。だからこそ、生母の説得にあうと、唯々諾々と、すべてをすてて配流の地へ向ったのだ。

忠直が、城の裏門から、豊後へ向って出発した直後、一国女は駕籠に乗って逃げ出そうとしたが、何者かのために刺殺され、死体は一乗寺の門前に捨てられた。一乗寺ではこれを哀れんで埋葬したという。

忠直は豊後についてからは、一白（一伯）様といわれたが、極めておとなしく、平和な生活を送った。その頃、

——六十八万石の家国を失ったことは、かえって悪夢から醒めたようなもので、た

だ、すがすがしい感じがするのみだ。生々世々、国主大名などには、二度と生れたくない。多勢の中に交りながら、孤独地獄にでも陥ちているような苦痛を感じることが、しばしばあった。

と述懐しているのをみれば、元来は気の弱い淋しがりやの青年であったのかも知れぬ。

忠直が豊後へ移った後、越前領主になったのは、忠直の弟忠昌である。これは、越後高田城から移ってきた。北ノ庄城を福井城と改めたのは、この忠昌の時である。

これと入れ替りに、忠直の子仙千代（後に光長）は越後高田城主となった。これは、むろん、勝姫の猛運動の結果だ。ただし、これは二十四万石である。この光長も、家国を治めることができず、いわゆる越後騒動をひきおこし、城地を召し上げられて、伊予松山にお預けとなった。結局、忠直・光長と父子相ついで領国没収の悲運に遭っているわけである。

富山城の黒百合

越中富山の城主佐々成政は、城の西、呉羽山麓五福村の早百合《さゆり》を一目みると、年甲斐もなく惚れ込んで城中に入れて妾とし、夜毎にはげしい愛撫をくりかえした。

当然の結果として、やがて懐妊。

成政は、

——是非とも男の子を生めよ、

と、ひげづらを崩して悦んだが、城をめぐる状勢は、愛妾に、涎を垂らしつづけていることを許さなかった。信長亡き後、旭日昇天の勢いを見せている羽柴秀吉の大軍が押し寄せてくることは、近い中のことと思われたのである。

——雪が融けるまでは、いかに秀吉とても攻め寄せては来まい、その間に徳川家康と連絡して、秀吉めを挾み撃ちする方略を樹てよう、と、成政は考えた。

自分ながら名案である。だが、問題はどうして家康を説得するかだ。家康という男、一筋なわでゆく奴ではない。

——よし、おれが自分で浜松城にいって、膝詰談判をしてやろう、

と、決心した。

時に天正十二年十一月、積雪は山野を埋めつくしている。これを踏破して東海道に出ようというのは、無謀といってよいだろう。

豪毅の成政は、しかし、断乎として起ち、建部兵庫頭以下五十余人を率いて、立山ザラ峠を踏破して南下することに決めた。

——早百合、二十日余りの中には戻る。大事にせいよ、

と、いい残して、十三日、城を出る。

ザラ峠（さらさら越え）は、越中から信州へ出る最短距離だが、平素でも峻険第一といわれている路、まして積雪数メートルに及ぶ厳冬のことだ。

いずれが路とも分りかねる上に、烈風は雪の渦をふきつけて寒気は骨を貫く。手足に凍傷を負い、空腹に悩みつつ、励まし合って、辛うじて国境を越えて信州に入った。集団による雪のアルプス越えとしては、おそらく日本歴史最初のものであろう。

甲斐駿河を廻って遠州に出て、浜松城に家康を訪れた。

成政の雪焼けで黒くなったひげづらが、唾を飛ばして滔々《とうとう》としゃべり立てるのを黙々と聞いていた家康は、

——この季節に北陸から雪をふみ分けてやってくるとは、さても思慮のないこと、凍死でもしたら何とする、
と、成政の勇気には感心しながらも、その無謀には呆れた。

残念ながらこの時、家康はもう秀吉と戦う気はなくなっていた。三月の小牧役後、盟主としてかつぎ上げていた織田信雄が勝手に秀吉と和睦してしまっていたからだ。

——羽柴めをあのままにしておいては、旧主織田の天下は、きゃつに奪われてしまう。この際、互に協力してきゃつを挾撃しよう。

という成政に対して、家康は、

——貴下のいわれることは至極ごもっともながら、何事にも時節というものがある。今は、秀吉を討つ時ではない。しばらく隠忍して機会を待つ方がよろしかろう、
と、極めて消極的な回答を与えただけであった。

——意気地なしめ、このおれが、わざわざ積雪を冒して北陸からやってきたのに、何という挨拶だ、

と、成政はかんかんに怒ったが、如何ともしようがない。

空しく部下を率いて、再び越中へ、雪と風と、寒さと飢えをしのびつつ戻ってゆく。

憤懣に、眼を怒らせつつ富山城に戻った成政にとって、更に忌わしい事件が待ち構えていた。

＊

事件は、早百合を嫉妬する奥方や他の側室たちの陰険な策謀によって企まれたのだ。

成政が聞いていることを知りながら、奥方たちにいい含められた侍女の数名が、囁き合った。

——殿さま始め建部殿たちもずいぶんと難儀な目にお遭いなされたことでしょう。

この怖ろしい雪に、山路を越えられたのでは、

——それに引き換え、竹沢熊四郎どのは、ぬくぬくと城に残って、

——早百合さまと、

——お腹の嬰児《やや》も、誰の児やら、
成政は、目の前に焔の玉が渦を巻いて走るような気がした。

竹沢は、城中随一の美少年だ、成政も気に入っていた。浜松行にも連れてゆくつも

りだったが、からだを悪くしているというので、城に残したのである。
——まさか、きゃつが、
と、信じかねる思いで両歯を嚙みしめている成政の前に、侍女の一人が錦の火打袋を持ってきた。
——これが、早百合さまの御寝所の近くに落ちておりました。殿様のものではござりませぬか、
見れば、自分のものではない。茶坊主を呼んで質ねると、竹沢のものだという。むろんこれは、奥方一味の者が、竹沢から盗んでおいたのだ。
成政の嫉妬は、爆発した。
——竹沢を呼べ、
何事かと驚いて御前に出た竹沢が、
——おのれは、早百合と密通しおったであろうが、
と、怒鳴られて肝をつぶした。
——滅相もないこと、決してそのような、
——黙れ、この品に見覚えがあろう、
——あ、それは私が数日前紛失いたしましたもの、

——しぶとい奴、これが早百合の寝所の近くに落ちていたのはどういうわけか、

——それは、全く、夢にも知りませぬこと、
竹沢熊四郎が、主の無法ないいがかりに、恨みを含んだ瞳でふり仰いだ。

絶世の美少年だけに、いいようもない凄艶な表情である。その美しさに、いつもなら、可愛い奴——と思う成政が、逆に——このつらで、早百合をたぶらかしおったか
——と、逆上した。

いきなり、青江村正三尺二寸の業物を、すらりと引抜き、すぱっと、竹沢の首を斬って落とす。

それから後はもう、まるで狂人である。

奥御殿に走り、早百合の長い黒髪をさっと左手に巻きつけて、叫んだ。

「奸婦、成敗するぞ」

驚いた早百合が、必死になって無実を訴えたが、聞き入れない。そのまま引きずるようにして、神通川の河原に連れてくると、川岸の柳の枝に吊るした上、無惨にも胴斬りにしてあたら美姫の命を断つ。

早百合の一族十八名も、捕えられて悉く斬られ、首を晒された。

早百合は、助からぬと知った瞬間、はったと成政を睨んで、

――無実の罪で殺さるる怨み、悪鬼となって佐々の家を潰してくれよう。この早百合が立山の黒百合となって咲く日こそ、佐々滅亡の日と思わるるがよい、

と、叫んだという。

夏が訪れ、秀吉の軍が来襲した。

防戦に大童の城中で、ある朝、書院の床の間を見た侍女の一人が悲鳴をあげた。

――立山から採ってきた白百合が、あれ、あのように、真黒に、

そしてその夜から、城中の至る処に、物の怪や亡霊や怪しい火の玉が現れるという噂が飛んだ。成政自身でさえ、早百合の悪夢に悩まされた。

城兵の戦意は急速に衰えた。

敗戦。

成政は、髪を剃って降を乞い、越中四郡の中三郡まで秀吉に献上して、辛うじて命を保った。だが、間もなく肥後へ転封、叛乱鎮定に失敗して封土を没収され、摂州尼崎の法華寺で腹をかっさばいて死んだ。

七尾城の秋霜

要害無類――現在でも七尾城址に登ってみると、正しくそう感ぜざるを得ない。山麓から頂上まで約三キロの嶮しい坂をなす小径は、七転し八廻し九屈し、山骨稜々、樹林密生、一夫もって万夫に当るを得る感がある。

山城としては本邦第一と、軍事専門家も折紙をつけているというが、さもあろう。

この城の始めは、古く応永年間に畠山満則が能登の守護職として、この山麓に館を営んだことにある。畠山氏はその後代々能登守護職をつぎ、万一に備えて、七尾山上に砦を築いたが、それは簡単な山塞程度のものであったらしい。

山上に、城らしいものが築かれるに至ったのは、むろん、戦国時代に入って、畠山氏の勢威行われず内乱相つぐに至ったからだ。

自衛のために城はますます拡張され、強化され、本丸・二の丸・三の丸・桜馬場を列ねる堂々たる山城となった。現在そのすべては見るかげもなく崩れ去ってしまってはいるものの、苔むした石垣に囲まれた縄張りは、ありし日の城の構造を、彷彿として想起させるものがある。

この城は、しかし、不運な不吉な運命につきまとわれたといってよい。

むろん、城が悪いのではない。城に住んだ人間が悪かったのだ。

どんな名城でも要害でも、凡愚の城主、不逞な将士の下では、光栄ある運命を持ち得ない。

満則から数えて第六代の義続《よしつぐ》から、最後の城主義春に至る四代、三十数年は、城にとってほとんど明るい日はなかった。

まずこの四代の城主の末路を見ると、次の如くである。

第六代義続——弟義綱を擁立する家臣温井《ぬくい》景長に城を追われ、最後は不明。

第七代義綱——無能淫逸。遊楽のため城を出ている間に、重臣たちに城を奪われ越中に亡命、末路は不明。

第八代義隆——わずか十八歳で重臣遊佐続光らに毒殺さる。

第九代義春——上杉謙信に囲まれて籠城中、病死、五歳。

二人の城主が相次いで家臣のために放逐されて、末路は不明、その次が毒殺、病死ときては、名流畠山氏の最後として余りに惨めであるが、よく調べてみると、このくらい、凡庸愚劣な当主のつづいた家系も少ない。そして家臣が主君を殺したり放逐したりするのは、下剋上の乱世においては、さして珍しくないにしても、この畠山氏の家臣ぐらい主家を勝手に料理したものは少ない。

畠山の重臣としては、遊佐、温井、長の三氏があった。それがどれほど勢力があったかは、現在、七尾城址にいってみると、よく分る。

山上の桜の馬場を挟んで、遊佐屋敷跡、温井屋敷跡があり、本丸と深い谷を距てた彼方には長屋敷跡というのも残っている。

如何に重臣とはいえ、狭い山城の中に、ほとんど本丸に匹敵するほどの広大な館を構えていたところを見ても、彼らがその実力において城主を圧倒するほどのものがあったことを知り得るであろう。

しかもこの三氏は、時には手を握り、時には対立して、城主畠山氏を自分たちの思うままに操っていたらしい。

ただ長氏のみは、最後に主家に対して忠誠ぶりを見せたが、時既におそく、遊佐、温井両氏のために一族十四人悉《ことごと》く殺戮されてしまった。長氏の一族中たった一人生き残った長連竜《つらたつ》が、長い年月をかけて遊佐、温井に復仇をとげた上、前田利家に仕えて、その重臣となった次第は、よく知られているところであるから省略し、以下に、七尾城落城の際の事情を述べることにする。

＊

天正二年（一五七四）義隆が遊佐、温井らに毒殺された時、わずか二歳の義春が後を嗣いだ。

上杉謙信の率いる越後の精鋭軍が七尾城を囲んだのは、その翌々年三月である。城兵は、長綱連《つなつら》を主将として力戦し、さすがの謙信もこれを一挙に陥すことは不可能と悟って一旦は引揚げていった。

しかし、上洛のため、織田氏との決戦を望んでいた謙信としては、どうしてもその中間にある七尾城を陥さなければ、後顧の憂いなく織田氏と闘うわけにゆかない。

翌天正五年七月、謙信は再び大軍を率いて来襲し、天神河原に布陣するとともに、石動山《いするぎさん》の大宮坊に本営をおいた。

謙信も今度は何としても、城を陥してみせると、凄じい気魄をみなぎらせ、水も洩らさぬ包囲をつづけた。

折から、不幸にも、七尾城内には疫病が流行した。

記録によれば、疾病にかかった将士の排泄物のため、山中悉く汚臭に覆われ、死者連日相次ぐのみならず、生きている者も甚しい汚臭のために狂いそうになったという。五歳の幼児である城主義春が、この臭気にあてられて、泣き叫び、城中を狂い奔っていたが、急にぐったりと倒れた。

疫病にかかったのだ。

床につくことわずか三日で死亡した。

その翌日、義春の弟で三歳の義明も、疫病のために息をひきとった。

もはや、城主たるべき者はいない。

しかし、長綱連は、

——畠山の名誉のために、あくまでも戦え。上杉勢を撃退した上、しかるべき方を京から迎えて、畠山の家名を遺そう、

と主張し、城兵たちを励ました。

城兵も長い経験から、

——この城は陥ちない、

という信念はもっていたので、徹底抗戦の決意はすてていない。

謙信は城兵の頑強な戦意に愕いたが、無益の血を流すのは不利と考え、ひそかに城

中に連絡して、遊佐続光、温井景隆らに裏切りをすすめた。

この二人はともに、一度は主家に叛いて城を脱出し、後に詫を入れて帰参したという経歴の持主である。

謙信の提出した好条件に、二人とも裏切りを決意した。

問題は、長綱連とその父続連をどうするかだ。

九月十五日、七尾城最後の惨劇が、勃発した。

この日長続連の許に、遊佐続光から、

――上杉方より、重大な申入れがあった。至急御相談致したし、

という報せがあったので、続連は、館の前の谷にかかる関東橋を渡り、本丸を通って遊佐屋敷に入った。

――あちらで、お待ちです。

といわれて、奥の間に足をふみ入れた瞬間、脇腹に槍を突き刺された。

――卑怯！

と、太刀に手をやったが、躍りかかった数名にめった斬りにされてしまう。

この時、嫡子の長綱連は大手の赤坂口を守っていた。

――大殿が、失しなわれましたぞ、

という家来の急報に、血相変えて坂道を馳せ上っていったが、七曲り半とよばれている険所で、待伏せしていた温井景隆の部下が放った矢にこめかみを射られたところを折り重なって打ちとられる。

長氏の屋敷では、この凶報に愕いて、なすところを知らない。頼みになる綱連の弟連竜は救援軍を頼みに安土にいっている。残っているのは幼い子女のみ。

——ともかくも、城を脱れて、

と、内室を始め一族が見張台の下から搦手《からめて》へ脱出しようとしたが、早くも追いすがってきた遊佐、温井両勢のために、悉く惨殺された。

廿六日、謙信は石動山の本営を引き払って七尾城に入城した。

陰暦だ。北国の秋は既に老いていたであろう。疾病も既に収まり、秋霜は夜の草を白く光らしていたに違いない。

謙信が、有名な、霜は軍営に満ちて秋気清し——の詩を読んだのは、この七尾城本丸においてであるといわれている。

金沢城の鮮血

金沢城本丸の東につづくところ、すなわち百間堀の石垣のすぐ上が、東の丸である。ここには藩祖利家の夫人芳春院や、三代利常の母寿福院などが住んだ。ながめがよいので、奥女中たちは悦んでここに来たという。

この東の丸から見下ろした堀のあたりに時々鶴が飛んできていたので、その堀に面する曲輪《くるわ》を鶴の丸と呼んだ。東の丸の南につらなる一部である。

慶長五年、将軍秀忠の娘である珠姫が、藩主利長の弟であり、養嗣子である利常の正室として輿入れしてきた。利常（幼名猿千代）は九歳、珠姫は三歳、もちろん完全な政略結婚である。

しかし、前田家では、この赤坊のお嫁さまを迎えるため、わざわざ広大な新御殿を本丸にぶっ建て、珠姫についてきた数百人の使用人にも石川門外に長屋を建て、あらゆるサービスをしたらしい。

藩主利長は本丸を出て、上記の鶴の丸に別殿を建ててそこに住むことにした。三歳の花嫁が、藩主を本丸から追い出してしまったわけである。

この鶴の丸の別殿で、慶長七年、凄じい惨劇が展開された。

利長の重臣である太田但馬守長知が、同じく重臣の一人である横山大膳に斬りつけられ、死闘の結果、遂に斃されたのだ。

私の遺恨ではない。

横山は、主の利長に命じられて、太田を討ち果したのである。いわゆる「しもの、すなわち上意討ちである。

太田の罪名は、意外にも、主君の愛妾おいまの方と不義密通したというものであった。

これが果して事実であったか否かは、むろん、当事者以外に分らない。

しかし、利長が横山に命じて討たせたことは明白な事実なのだ。

太田長知は武勇絶倫といわれ、殊に大聖寺城の攻略や、浅井畷の戦では抜群の功を立てた。大聖寺城を預けられて二万石を領し、加賀藩では最高の地位を占める重臣である。

武勇秀れていたばかりではない。容貌風姿もまた、きわ立っており、奥女中たちのあこがれの的であったという。

この太田が、利長の愛妾おいまの方と怪しいという噂が立った。人目の多い御殿内で万人の注目の的であるこの二人が密通する機会などあろうとは思われないが、噂は一たび立つと、次第にいかにも本当らしく尾ひれをつけて拡がっていった。

某夜、利長がおいまの方の部屋にいこうとして廊下を歩いてゆくと、前方をそっと忍び歩きする太田の姿を認めた。

——但馬め、この時刻に、かような処を。

と、利長が足を早めて追う。

太田の姿が、おいまの方の部屋の前でふっと消えた。

——さては、噂にたがわず、きゃつ。

と、憤然とした利長が、愛妾の部屋に飛びこんでみると、太田の姿はなく、寝ていたおいまの方が愕いたように半身起こした。

——但馬が、ここに参ったであろう。

と、語調はげしく問いつめると、

——いいえ、どうしてそのようなことが。

と、おいまの方はただ呆れるばかり。

——あくまで白を切るか。余がこの眼で見届けたのだ、いえ。

と、白刃をおいまの方の眼前につきつけたが、女は、

——全く夢のようなはなし。

とからだを震わすばかりである。

利長は宿直《とのい》の者を呼んで、徹底的に調べさせたが、太田の姿は見当らなかった。だが、利長の疑いは晴れない。

——確かに見た。どこか抜け道から逃がしたに違いない。おいまや女中どもが共謀して、きゃつを逃がしたのだ。

と信じ、おいま並びに奥女中を監禁してしまった上、太田誅殺を決心した。

しかし太田は重臣の筆頭、多くの部下をもつ豪勇の士だ。うっかり討手でも向ければ、敢然として反抗し、内乱に至るかも知れぬ。

利長は、横山大膳をよんで、ひそかに太田殺戮を命じたのである。

*

翌日、太田が何事も知らずに、鶴の丸の別殿にやってきた。

広書院への長廊下を悠然と歩いていると、不意に横合いから出てきた横山大膳が、

「上意！」

と叫んで、抜き討ちに斬りつけた。武士同士の間で不意討ちは卑怯とされているが、ただ上意討ちの時だけは、差支えなしと認められていたのである。

太田はすかさず身をかわしたが、横山の鋭い切先で頭部を少し傷つけられた。

が、反射的に脇差を引き抜いて、横山の胸をつき刺した。驚くべき早業である。ふつうならば、横山はこれで即死したであろうが、横山はこの時、懐中に鏡を入れていたので、刃先が鏡を砕いただけで助かった。

とにかく、不意討ちは失敗したわけである。

太田、横山の両雄は、白刃を構えて睨み合った。

「何故の上意討ちぞ」

太田が叫ぶ。

「主君の側室との不義」

と横山が答えると、太田かっと眼を剝き、

「愚かや、殿も物に狂われたか」

と、右手の部屋に向って怒号した。その部屋に、利長が手槍をひっさげて立ってい

るのを認めたのだ。利長も、いざとなったら、横山を助けに出るつもりでいたのであろう。横山が斬りこんでゆく。

太田がはね返して反撃する。

いずれ劣らぬ豪勇の二人が、必死に斬り結んだ。利長のかたわらにあってこれを見ていた侍臣の勝尾半左衛門が、たまりかねて、横合いから太田に斬りつけていった。

「卑怯！」

と、太田が、身をかわし、勝尾の左肩をずんばらりと斬り下げたが、その隙に横山の叩き下ろした太刀が、太田の頭蓋を割った。

太田、重傷によろめき、たたっと利長の方に向って二三歩進んだが、どっと斃れた。

利長の処置は残虐を極めた。

太田の首を極楽橋のかたわらに梟《さら》したのみならず、おいまの方及び五人の奥女中の眼をくりぬいて城中でさらしものにしたのである。

横山は、七千石の加増を受けた。

太田の誅殺は当時の大事件であり、いろいろな噂が飛んだ。その若干を掲げよう。

第一は、太田が倉ケ嶽に狩にゆき、山の主といわれた狐を殺したので、子狐がその仇をうつため、太田に化けておいまの部屋にはいるところを故意に利長に見せたのだという説。これはもちろんばかばかしい作り話だ。

第二は、太田の勢威を嫉妬した重臣連中が、奥女中たちの間に太田の評判が高いのを利用して、中傷的噂を立てたというもの。

第三は、利長が、太田の豪勇と人望とを畏怖し、口実を設けて殺したというもの。

第四は、太田が徳川家に内通していたことが分ったので、他の名目で殺したというものであるが、これは歴史家が徹底的に調査した結果、否定的結論を出している。

おそらく、第二と第三の理由が結合して、「狡兎死して走狗煮らる」の形になったのではあるまいか。

太田が斃れた時、その血しぶきが、かたわらの屏風を真赤に染めた。その鮮血屏風は、その後野田の桃源寺に保存されていたが、太田の死んだ日になると、屏風の表面がぬらぬらと血の色にぬれて見えたという。

鶴の丸について、もう一つ、城にまつわる惨話が伝えられている。

城中の水不足を解消するために、小松町の商人板屋兵四郎が犀川の水を、延々八キロ余にわたる水道で城中に引きこむ工事を完成させたことは有名だが、その兵四郎は、秘密保持のため、鶴の丸に呼びよせられて、ひそかに殺されてしまったというのだ。これもまた、狡兎死して走狗煮らるの一例であろう。

小田原城の老臣

天正十八年北条氏が滅んで、関八州が家康に与えられた時、何人も家康は小田原城に居住するものと考えた。

しかし、意外にも、秀吉は家康に対して、江戸を新領土の中心地とすることをすすめ、家康は当時まだ茫々たる武蔵野原の一角が、海浜に接する淋しい地点——江戸に移り住んだのである。この頃の江戸城はみるかげもない貧弱なもので、玄関の階段でさえ舟板が三枚並べられてあっただけだという。これに反して小田原城は北条氏歴代の本拠として、広大華麗天下の名城であった。何人がここに住むことになるかは注目の的であったが、家康の腹心とみられた大久保忠世がその選に当った。これを家康に示唆したのは、他ならぬ秀吉であったという。

秀吉はしばしば、家康の部下に色目をつかい、恩を施して、これを自分の陣営に引き入れようとしたらしい。徳川家譜代の老臣である石川数正でさえ、この手にひっかかり、家康に叛いて秀吉の許に奔《はし》っている。

忠世は、しかし、忠実に家康に奉仕した。文禄三年、忠世が歿すると、その子忠隣《ただちか》がこれに代り、宿老として秀忠の側近に侍した。

忠隣は十六歳の初陣以来、しばしば戦場で功名を立てている武将であるが、将軍秀忠の家老になると、同僚の本多正信と衝突した。

二人の間に格別深い怨恨があったわけではない。むしろ正信は大久保家には非常に世話になっている。正信という男は若い頃、一度、門徒一揆に加わって主君家康に反抗し、敗北して上方や北陸を流浪していた。これを大久保忠世が口を利いて家康の下に復帰させたのである。従って忠隣は、正信にとって恩人の伜というわけだ。しかし、事情はどうであったにせよ、正信と忠隣の対立は、明白な事実であった。

その第一は関ケ原役に当り、正信は秀忠に従って上田城を収めたが、忠隣の旗奉行杉浦平太夫に違法行為があったと非難したため、杉浦が自殺したという事件である。この時の、正信のやり方はかなり陰険だったという。

ついで、次代将軍決定に当って、家康の諮問を受けた時、正信は家康の次男である秀康を推し、忠隣は三男秀忠を推した。これは忠隣の説が容れられたが、それにもかかわらず、一般には正信の方が、忠隣より家康に信頼されていたらしい。

忠隣はどちらかといえば武断派であり、やや単純剛直の方だし、正信は文治派で複雑柔軟で、文字通りの智謀の塊りである。家康が後者をより愛したのは当然であろう。

慶長十六年、忠隣の嫡子忠常が死んだ。

忠隣は非常に落胆し、邸に引きこもって、登城もしなかった。正信はこの時も、

——子を哀むのは私情。私事を以って公務を怠るのは臣たるものの道に非ず、
と、冷静な非難を浴せている。

家康より四歳年長の正信にしてみれば、余命いくばくもない。自分の死後、伜の正純が老職の地位を維持してゆくためには、この忠隣が邪魔ものだと考えて、何とか排除しようとしたのかも知れぬ。

慶長十八年、忠隣は一族の娘を養女として山口重信に嫁がせた。深い意味もなかったのだが、厳密にいえば、将軍の許可を受けなかった点で幕令違反である。正信はこれを指摘し、忠隣は秀忠に叱責された。

ちょうどこの時、忠隣にとって極めて不利な事件が勃発した。

忠隣が養い親のような地位にあった大久保長安が死んだことである。長安はもと土屋姓、理財の才にたけていたため、家康に重用され、いわば徳川家の大蔵大臣の地位

になり上がっていた。この長安の死後、妾たちが財産分配のことから騒ぎ出して家康に訴えたので取調べが行われ、長安の尨大な隠匿財宝と、キリシタンとの通謀文書らしいものが発見されたのである。

長安の一族は処刑されたが、忠隣もその庇護者として、家康から疑惑の眼をもって見られるに至った。

＊

忠隣は突如、ヤソ教徒弾圧のため、京都へ出張することを命じられた。長安がキリシタンと関係があったと見られたのに関連し、もしキリシタンを庇護する気があれば、この役を拒むだろう、その時は直ちに処分する――と家康は考えたらしい。

が、忠隣は直ちに西下して、熱心にキリシタン取締りをやった。その不在中に長安の旧部下であった馬場八左衛門という男が、忠隣は長安と通謀して謀叛の意図があったと訴え出た。

家康は、忠隣の処分を決意した。

これは、その時家康にとって最大の関心事であった大坂城攻略と関係がある。

忠隣の大久保家は、秀吉の容喙《ようかい》によって小田原城を貰ったのだし、大坂城の老臣片桐且元とは姻戚関係を結んでいる。大坂城の豊臣氏に対して断乎たる処置をとる際には、忠隣がいない方がよい――家康は、そう判断したのだ。

京に滞在中の忠隣は、処分命令を持って板倉勝重がやってきた時、南光坊と将棋をさしていたが、少し首をかしげていった。

「板倉殿、この将棋をさし終るまで、お待ち頂けまいか」

「それは――」

「御使者の趣は、略々分っているつもり。お咎めを受けて退隠すれば、このような遊びもつつしまねばならぬ。せめてもの思い出にこの一局、ゆるりとさしたい」

将棋をさし終ってから、静かに処分命令を聞き、謹んで受けた。

――領地没収、近江国中村に配流。

同じ頃、小田原城下には、城受取りのための上使として安藤対馬守重信が、本多忠朝、高力忠房、松平定綱らを率いてやってきていた。

城を守っているのは、忠隣の一族で豪勇の誉れ高い天野金太郎景季、城士は歴戦の強者。

とても無事に開城することはあるまいと、対馬守重信も覚悟をしている。

果して、城中では、士卒何れも、

「君辱かしめらるれば臣死す——罪なくして罰せられた主君に代って、断乎戦え」

「本多正信めの奸謀だ。城を枕に討死して抗議しろ」

「根も葉もない謀叛の疑いでとりつぶされるくらいなら、いっそ、まことに謀叛してくれべい」といきり立つ。

天野はしかし、主人忠隣の心を誰よりもよく知っていた。

忠隣がこの小田原に在城していたとしたら、必ず何事もいわずに開城しただろう。忠隣という男はそういう男なのだ。留守を預る自分も、そのようにせねばならぬ。

天野は、城士たちを必死になって説き伏せ、遂に無血開城に成功した。

しかし、それでも大久保家の家臣たちの憤怒を警戒したのであろう。この直後江戸から駿府（静岡）へ戻る時、家康は滑稽なくらいの用心をした。

箱根山中で要撃されはしまいかと心配したのである。東は大磯から西は三島に至る間の旅人の往来を一切禁止した上、箱根山中八里（三十二キロ）の間には十メートル間隔で鉄砲をもった足軽を立て並べたという。

忠隣没落後の小田原城は、誰のものになるか——人々は好奇の目を以って眺めていたが、家康も種々考えた揚句、とりあえず幕府直轄として城番をおくことにした。後、元和五年になって、小田原城は阿部正次に与えられている。

忠隣はやや愚直ではあるが、忠実な武人だった。家康が死んだ後で、井伊直孝が、

「当代将軍（秀忠）はそこ許にとって格別御恩の方、御赦免を願い出られては」

とすすめたが、

「大御所（家康）様の歿後、万一私が御赦免になれば、大御所様は罪なきものを処罰されたとして、世人から非難されるかも知れぬ。さようなことは、私としてはできませぬ」

と、きっぱり拒絶した。

宇都宮城の釣天井

宇都宮城の現在の荒廃ぶりは凄じい。本丸跡のごく一部と半ば埋まった濠の一部とを除いて、ほとんど壊滅してしまっているといってよい。

私はかつてこの城址を訪れた時、土地の人々が城に対して、何の関心もないのを意外に感じた。否、むしろ、宇都宮城といえば、必ずといってよいほど追想される釣天井の伝説に関連して嫌悪に近い感情さえ持っていることに、甚しく愕かされた。年配の人はこの伝説をよく知っているだろう。若い世代の人はあるいは知らぬかも知れぬ。

簡単にいえば、寛永十二年、宇都宮城主本多正純が、日光参詣の途中、城内に宿泊予定の将軍家光を、釣天井の仕掛けによって圧殺しようとした陰謀が発覚して、領国を召上げられ、流罪に処せられたという伝説である。

この説は、正純が処罰を受けた当時から広く世間に行われ、その後、いろいろに形を変えて、あるいは演劇に、あるいは講談に、あるいは稗史《はいし》に、あたかも確然として疑うべからざる事実であるかのように流布されてきた。

では、事実、そんな陰謀があったのか。

俗説によると、寛永十三年、宇都宮城下に住む大工職の与五郎という者が、城中の工事のために召集されて城にはいった。そのまま長い間、姿を見せないので、恋人である名主植木藤右衛門の娘お稲がひどく心配していると、ある夜、ひそかに雨戸をたたく音がする。

低い声で呼ぶのは恋する男の声だ。飛び立つ思いで雨戸を押しあけ、与五郎の胸にすがりついたが、与五郎は恐るべきことを告げた。

——今、おれはお城の御殿で、釣天井を拵える仕事をしている。誰か知らないが、あの御殿の寝所に寝るひとの上に天井を切り落として圧し殺してしまう仕掛けだ。あんな怖ろしい仕事はしたくない。早く家に帰りたいよ。

与五郎はつかの間の逢う瀬をたのしんで城にもどっていったが、それきり二度と生きた姿を見せなかった。お稲は、ただ、

——何か落度があって、お仕置を受けたらしい。

と報らされただけである。

数日の間、歎き悲しんでいたお稲が、与五郎から聞いたことを詳細に記し、もしかしたら与五郎は、秘密保持のために殺されたのではないかという遺書を残して自害した。

父親の藤右衛門はこれを読んで胆をつぶしたが、そのまま井伊掃部頭《かもんのかみ》に訴え出る。折柄、将軍家光は日光へ参詣の途上にあったが、掃部頭からの急報によって、江戸へ引返し、正純はこのため処断された——というのである。

釣天井については、いろいろとおまけがついて、城中御殿の遣戸《やりど》ごとに別の戸を一つずつ設けておいて、そこから暗殺者が乱入するようになっていたとか、湯殿の板敷きを踏むと、下に落ち込むようになっており、下には白刃が逆さに植えられていたとか、まるで見て来たようなでたらめが、まことしやかに伝えられている。

だが、この俗説そのものの本質的な誤りは容易に指摘できる。第一に寛永十三年という年は、正純が城を没収されてから十四年も後のことで、年代がまるで合わない。第二に、正純在職中に将軍が日光に参詣したのは元和八年であるが、この時の将軍は秀忠であって、家光ではない。

いや、こんな年代的誤りよりも最も大きな誤りは、万一、正純に将軍暗殺などという企画があってそれが暴露したとするならば、領国没収や流罪などで済むはずはないという点だ。それは切腹どころか、磔にもなるべきものである。ところが正純に対する処罰は、始めは宇都宮十五万石から出羽由利郡五万五千石への減封処分に過ぎず、正純がそれを不服として従わなかったため、佐竹家にお預けになったのである。将軍暗殺や謀叛というような重大な罪でなかったことは明白である。

では、正純は一体、何故に処罰されたのか。いわゆる釣天井伝説は、何故このような形で流布されたのか、実際にあった事件は、どのようなものであったのか。

*

元和八年四月、将軍秀忠が日光山に参詣し、その帰途、宇都宮城に立寄る予定を急に変更して、壬生《みぶ》に泊り、そのまま江戸へもどったというのは事実である。

さらに、その直後、井上正就《まさなり》が宇都宮城に入って、城内を仔細に検分したことも確かだ。

これはしかし、俗説の伝えるように、大工の恋人が自殺し、父親がその遺書を持って井伊掃部のところにかけ込んだためではない。

将軍秀忠の姉に当る加納殿が、堀伊賀守を通じて、日光参詣中の将軍に、

――上野介、宇都宮城中の殿舎営造に不審の点多し、もしや上様に異図を抱き奉るに非ずやと懸念、

と、急報したからである。

将軍も閣老も、まさか、この密報を直ちにそのまま真実とは受け取らなかったであろうが、ともかく宇都宮城止宿は中止し、井上正就を検分のため遣わした、というのが本当のところらしい。

加納殿が、こんな密訴をしたのは、かねてから正純を非常に憎んでいたからである。第一にその第四女の嫁ぎ先である大久保忠常の父忠隣が小田原六万五千石を没収されたのは、正純のざん言によると信じている。第二に、加納殿の孫に当る奥平忠昌が宇都宮城から下総古河に移され、その後に正純が移ってきたのを、正純が工作して追い出したと信じている。

この加納殿の耳に、宇都宮城についてのいろいろな噂がはいってきたので、これこそ正純めをやっつける好機とばかり、密訴に及んだのである。その密告の要点は、

(1)　鉄砲をひそかに買入れ、関所を欺いて通したこと

(2)　宇都宮城の普請に携っていた根来《ねごろ》同心を殺戮したこと

(3)　宇都宮城の二の丸及び三の丸の修築を申立てながら、本丸の石垣をも改築した

こと

(4) 城内の殿舎の改築について怪しき構造あまたあること

(5) 将軍御成り間近に、城外の堀に菱《ひし》を多く投げ入れたこと

などである。

井上正就の取調べによると、(1)正純が就封の際、武器の欠乏を痛感し、堺で鉄砲を買入れ、ひそかに宇都宮に運べることは事実、(2)幕府から附けられていた根来同心を殺害したのは、暴慢にして命を奉ぜず、城士と紛争を生じたため、(3)は正しく事実、(4)は単なる風評のみ、(5)と共に警戒措置の行きすぎたるもの——ということになっている。

してみると、咎を受けるとすれば、(1)(2)(3)の三点であり、特に(3)が重点となる。城地の無断修復は、明白に武家諸法度の禁ずるところだからだ。おそらく、正純はこの点を以て、領地を召上げられ、出羽由利五万石に削封の命を受けたのであろう。そして自負心の強い正純がこれをはねつけたため、流罪になったのである。いずれにしても、上記の(4)が問題になったのではない。釣天井その他の仕掛けなど全く無かったことは、検分役の井上正就が、はっきり見届けているのである。

それにしても、父正信以来父子二代引続いて、家康、秀忠の側近第一号ともいうべ

き地位にあった正純が、どうしてこんなつまらぬことで、失脚してしまわなければならなかったのか。彼にしてみれば、本丸の修復について幕閣の許可を得るくらいは簡単なことであるはずだ。幕閣といっても、彼自身と彼の同僚酒井忠世、土井利勝、井上正就らが構成していたのだから。

彼がそれを怠ったのは、二の丸三の丸修復の許可は既に得ていたことでもあるし、このくらいのことは正規の手続を踏まなくても——と、簡単に考えたのであろう。そのちょっとした手ぬかりを、彼の同僚である酒井、土井、井上が加納殿を通じて逆用したのだ。権勢の地位にある者にとって、その同僚は、いつでも敵になる怖れのある政敵であることを、正純は忘れていたらしい——余りに権勢に慣れ過ぎていたために。

そしてそれが彼の命取りとなったのである。

江戸城の白骨

最近、皇居の東部一帯が公園として公開されるようになったが、これは江戸時代の本丸と二の丸に当る部分である。明治以来、二重橋の名で知られている皇居の正門は、江戸時代には西の丸の大手門なのである。

西の丸は将軍職を退いた大御所が住んだところであり、時には将軍の嗣子が居住した。文久三年（一八六三）本丸が焼失したため、将軍も西の丸に常住するようになり、そのままここが明治時代には天皇の居所となったのである。

二重橋の前に立った時、右手に見えるのが伏見櫓——これは寛永初めに京の伏見城から移築されたので、そう名付けられた。この伏見櫓が、大正年間になってから、一躍、世人の論議の的になったことがある。

大正十二年、例の関東大震災があって、伏見櫓が崩れた。その当座は帝都の復興に忙しくて、崩れたままに放っておかれたが、十四年になって、修築工事を行ったところ、櫓の下から二個の白骨が発見されたのである。

六月十一日の朝日新聞は大きく、

――二重橋より白骨現る。築城当時の人柱か。

と、センセーショナルに報道したが、その翌日また二個、二十五日にはさらに四個、合計八個の人骨が発見され、さらにその付近に多数の永楽通宝銭がみつかったことを次々に報道した。

その後、状況がより詳細に知られると、

――八個の骸骨が、地下一丈二尺（三・六メートル余）のところに、一間おきに相対して、両手を組合せて直立し、頭や肩に、穴あき銭が一枚ずつのせられていた。

というやや気味の悪い噂が飛んだ。

――正しく凄惨な人柱だ。

と、興味本位に騒ぎ立てる新聞もある。だが、この状況はどうやら空想力の逞しい連中が、勝手に考え出したものらしい。

東大の黒板博士が、宮内省の依嘱によって調査した結果を発表しているが、これによれば、骸骨が直立していたというのは嘘で、実はみんな横になって、バラバラに散り乱れていたという。

人柱のことは、前に「松江城の人柱」のところで解説しておいたが、実際にそれが行われたことは極めて稀であったろう。

伏見櫓下から発見された人骨が、その人柱であるか否かということについては、いろいろ議論が行われたが結局、否定説が強かった。

黒板博士も、

——数が多過ぎるし、埋葬方法も粗雑なので、人柱とは考えられない。おそらく江戸築城の際、事故で死んだ者の死体を集めて葬ったのであろう。ただそれがちょうど櫓の下なのは、人柱の故事にちなんだ意味かも知れぬ。

と述べている。

しかし、村井益男『江戸城』の中では、

——事故死した人間を埋葬したというのは、不吉を忌むことの強い当時の人心から考えると無理な気がする。築城用の御用石灰の輸送についてさえ、服忌中の者には決して駄馬の口取をさせなかったほどで、築城にはたいへん縁起をかついだものである。

と述べている。

結局、もっともありそうなケースとして考えられたのは、

——もともと、その辺は局沢《つぼねざわ》十六寺のあったところだから墓地だったのだ。その上の土地をならして築城したに過ぎない。

という解釈である。

だが、そうなると、人骨の数は、逆に少な過ぎるとも考えられるし、永楽通宝が何故そんなに発見されたのか不審でもある。

結局、はっきりしたことは分らない。

私は私なりに「石垣の中の二人」という短篇の中で、これを次のごとく推理してみた。

＊

寛永六年始め、前年の地震によって崩壊した江戸城の大修復が行われた。

各大名が工事の分担を命じられたが、西の丸大手門並びに田安門の石垣普請と伏見櫓の移築とを仰せつかったのは、越前福井の松平忠昌である。忠昌は越前から人夫三千五百人を上府せしめ、必死になって工事を促進した。

伏見櫓移築にとりかかった時、そのあたり一帯に板塀が張りめぐらされ、異常に警戒が厳重になった。

人夫頭佐兵ヱというものに、九人の人夫がつけられ、秘密工事が命じられた。

——その方らの携わる工事について、親兄弟といえども洩らしてはならぬ。

と、誓わされた。

秘密の工事というのは、富士見櫓の地下から伏見櫓の地下に至る間道の構築である。元和八年、富士見櫓の方から掘りかけた間道は七分とおり完成したままで抛置されてあったのだ。それを、今度移築する伏見櫓の地下室と結び合わそうというのである。

高さ一間余、幅四尺の坑を、十名は毎日、泥まみれになって掘った。

この中に、砂吉、伝三郎の両名がいた。

砂吉は福井城下の鍛冶屋の次男、伝三郎は城下を少し離れた本郷村の農家の三男である。どちらも十六、七、江戸を見たさが半分で、募集に応じてきたのだ。

間道は八月九日、完成した。

最後の土砂がすっかり運び出されてしまうと、伏見櫓の地下室から間道に通じる入口に鉄の扉がはめられた。

——御苦労じゃった。工事完了祝いに、ここで一杯飲んでくれ。

監督の役人が酒を運ばせた。

役人たちが去ってしまうと、佐兵ヱ以下、みんなが、ホッとした気分になって酒をくみ交わした。飲まなかったのは、酒の味をまだ知らなかった砂吉と伝三郎だけである。

酒をすっかり飲みほしてしまうと、

――さ、小屋に戻って、ゆっくり休むか。

――なあに、もう少し飲むさ。

一人が立ち上がって、鉄扉を押したがびくともしない。佐兵ヱが、

――阿呆、何で間道をつたって富士見櫓に出る必要がある。この上の伏見櫓から出ればええのじゃ。

と、笑った。

――そうだった。

と、西側の狭い木の階段を上がって、板戸を上げようとした。が、それは押しても突いても微動もしなかった。

――開けてくれ。

――もし、お役人衆。

大声で怒鳴ったが、答える者はない。そのうち佐兵ヱが脇腹を押えて、突伏した。ほかの者も次々に倒れていった。

明らかに酒に、毒が仕込まれていたのだ。

――畜生、間道の秘密を守るために、おらたちをみな殺しにする気だな。

――役人の鬼め、外道め。

わめきながら、八人が斃れた。残ったのは砂吉と伝三郎だけである。

二人は、しばらく恐怖に茫然としていたが、最後の勇気を揮い起こして脱出を図った。床を掘り、石垣の裾をくぐって、外側に出ようとしたのだ。

食器を欠いて土を掘り始めた。

始めに、竪に二メートル掘り、それから東に向って七メートル掘り、さらに上部に向って二メートルを掘り上げたのだ。

四日間、飢えと渇に苦しみながら、砂吉は地上に右腕の先をつき出した時、気絶した。

組頭の久左ヱ門というのが、見廻りに来てそれを見つけ、愕いて掘り出し、地下に倒れていた伝三郎をも救け出した。内密に城から脱出させ、越前へ送り返した。

この二人がどうなったかは分らない。一説には、二十二年後に起こった由比正雪の幕府顛覆陰謀に加わっていたらしいともいう。

伏見櫓下の死体はどうなったか。

江戸城は、その後しばしば地震火事豪雨に見舞われ、間道も分断され、崩れ埋まってしまった。伏見櫓の地下室も、正保四年の地震で壊れたまま埋められてしまった。そこに埋没された八個の人体が、三世紀後に掘り出されようと誰が予測しえただろうか。

若松城の叛臣

会津若松城といえば、誰しもまず戊辰の役における松平容保の籠城と白虎隊とを思い浮かべるであろう。

が、ここで述べるのは、それよりも二百三十年ほど前に起こった事件である。当時の若松城城主は加藤式部少輔《しきぶのしょう》明成。

明成の父である加藤嘉明は、賤ケ岳七本槍の一人として勇名を轟かせた男であるが、後に伊予松山城主となり、寛永四年会津若松に転封となった。

嘉明は単に優れた戦士であったばかりでなく、困難な戦国の時代を乗り切って四十万石の大大名となるだけの智略をもそなえていたが、倅の明成は、残念ながら、智勇共に著しく父に劣っていたらしい。

そこで、堀主水《もんど》事件が起こったのである。

式部少輔明成については、古書に、

――金銀をむさぼり、民を虐げ、税を重くし、武備をおろそかにした暗愚の将である。金銀を貯めるのに、一分金にして集めて悦んでいたので、世間では式部殿といわずに一分殿といった。

と記されている。どうみても余りよい領主ではなかったようである。

堀主水はこの明成の家老であった。むろん、嘉明時代からの老臣で、朝鮮役や大坂陣で功名を立てた歴戦の勇士、嘉明から軍陣の采配を預けられていた。つまりいったん事あれば、軍事の全権を委せられるほどの地位にあったわけである。

この主水と明成とが、衝突した。主水にしてみれば、若い主人の明成など鼻垂れ小僧の頃から知っている。否、当主になった今でも、腹の底では、

――何の小伜が、戦場の泥水飲んだこともなく、親父の力でのうのうと育った若僧、ぐらいにしか思っていない。若松城は自分の力でもっているのだという自惚れもあったであろう。

明成にはその主水の態度が、カチンとくるのだ。いまいましくてならない。

――古い手柄を鼻にかけて大きなつらをしおる、主を主とも思わぬ不埒なやつ。

と、むかむかしている時、主水を煙たがっている連中が明成をそそのかした。

──主水殿は殿をないがしろにしております。あれでは主従のけじめがつきませぬ。

明成は折があれば主水をやっつけてやろうと待ち構えていると、主水の家来が朋輩の家来と争いを起こした。どうやら主水の家来の方に十分の理があったのだが、明成は構わずに、主水の家来に非ありと判定を下した。

主水が重ねて訴え出ると、明成は一蹴し、主水の家老職を免じた上謹慎を命じ、嘉明の預けておいた軍陣の采配をとり上げてしまった。

主水の憤慨はその極に達した。

──先殿には似ても似つかぬ愚昧の明成、以て主君とするに足らず。

と怒号し、弟の多賀井又八郎、真鍋小兵衛並びにその家族従者らを合せて、総勢三百余人、白昼堂々と若松城下を退去していった。

中野村で行列を止めると、主水は乱暴にも若松城の方を向き、

──主従手切れのしるしぞ。

と叫んで、鉄砲隊に命じて一斉に銃をぶっ放させた。

その上、倉川橋を渡ると、橋を焼き払い、あしの原の関所を打ち破って押し通った。

二股山まできて、始めて武装を解き、従士をそれぞれ望むところに散らせ、主水一族のみは寄辺を求めて相州鎌倉に上った。

一方、主水脱出、城に向って発砲の報せを受けた明成は、直ちに追跡の兵を出したが、橋が焼かれていたので追いつくことができず空しく戻ってきたと知って、全身をふるわせて怒った。群臣を集めて、

——主水の暴逆は前代未聞、草の根を分けても、探し出して連れて参れ。

と、きびしく命じる。

＊

鎌倉にいったん落ちついた主水は明成が徹底的に追求しようとしていることを知ると、

——女子どもを連れていては足手まとい。幸いに東慶寺は何人も不入の寺だ。あそこに妻子を預けておき高野へいこう。

と、妻子を東慶寺に托して西下し、高野山の文珠院にかくれた。

明成はすぐにそれを探知し、文珠院に主水の引渡しを求めたが、寺の方では旧来の慣習にしたがって、

——当山に遁げ込みたる者は引渡し難し。

と拒絶した。

頭にきた明成は、将軍に願書を捧げ、

——家臣主水、かくかくの不義を働き高野へ潜伏。討手をさしむけて逮捕致したし。この儀、所領四十万石に代えてもお聞き届け下されたい。

と申入れた。

幕府から文珠院に対して、主水をかくまうことを許さずと通達する。主水は、よしさらばと逆に江戸へやってきて、幕府に訴状を提出した。

——明成、かつて大坂城の秀頼と内通しておりたる事実あり。

というのだ。幕府の大目付井上筑後守政重は愕いたが、もしこれが事実とすれば、それはむしろ当時の藩主嘉明と、その家老堀主水こそ責任を負うべきであろう。主水の出訴は不埒千万ということになり、将軍の名において、

——主水こと、家老の職にありながら無断退国、城に発砲し橋を焼き、主を侮り公儀を怖れざる仕方、重々不届。

と裁断し、主水と弟二人を、明成の手に引渡した。

幕府としては、

——主に対する絶対服従。

ということこそ、封建体制維持の根底であることを明示したのであろう。

明成は大いに悦び、主水兄弟三人を縛り上げて庭前に引き据え、さんざんに嘲罵した上、縛ったまま樹に吊るし、絶間なく前後にゆり動かして少しも睡眠できぬようにした。眼をつむれば、竹竿で顔面を突いたり、逆さになるほどはげしく揺る。眠れないほどつらいことはない。さすが強情の主水たちも半死半生の態になった。

主水は斬罪、弟二人は切腹ときまる。

斬罪の当日、監視の役に当っていた貝塚金七という男に向って、主水は、

――死ぬ前に少しねかしてくれ。

と頼み、金七の膝をかりるとぐっすりと眠ってしまった。時刻がきてゆり起こされると、

――お蔭でよく眠った。その間に面白い夢を見た。髪を櫛形に剃り、やせ顔で目尻の下がった男が、下り藤の紋のついた浅黄の上下を着て、わしの前にやってきおった。これは明成の姿かたち、そのままである。

――で、その方は、どうされました。

と金七が訊ねると、主水からからと笑い、

――そやつ、わしの前にうずくまってわしのひり出した糞をうまそうに食いおった。はっはっは、さても明成によう似た男じゃったよ。小気味のよいことじゃて。

と、不敵な放言をして、悠々と首を刎ねられた。

明成は、とにかくこれで憎らしい主水めを片附けたと思ったが、それは同時に彼の大名としての最後でもあった。幕府は先に明成が、

——四十万石に代えても。

と言上した言葉尻をとらえて、領土の返上を迫ってきたのである。

何かを強く懇請する時、一命に代えてもとか、領国に代えてもとかいうのは、単に語勢を強めるためで、文字通りに解釈すべきでないことはいうまでもない。しかし、幕府がそれを承知の上で、文字通りの履行を要求してくれば、これを拒むことはできない。明成は、

——病のため、大藩を維持する任に堪えず、封土を返上仕りたし。

と、申し出た。寛永廿年四月である。

明成の後に、若松城に封ぜられたのが保科正之。保科家は元禄九年松平と改め、維新の時におよんだのである。

米沢城の名君

明和四年（一七六七）米沢藩主上杉重定は隠居して家督を養嗣子の治憲《はるのり》に譲った。

米沢藩は当時、財政窮乏のどん底にあった。寛文四年（一六六四）三十万石から十五万石に削封された時以来のじり貧は、その極限に達しているにもかかわらず、藩主一家の生活は京風に感染して奢侈《しゃし》を極めていたため、借財はかさみ、重税は堪え難いものになっていた。

農民の逃亡や間引き（堕胎）によって人口は減少し、家士の中に武士の身分を棄てようとする者さえ生ずるに至っていた。

明和元年（一七六四）藩主重定は、思い切った決心を固めて、幕府に内願した。

――年来の窮乏のため、政道立ち難く領民も困苦に喘《あえ》ぎつつあり、もはや如何ともし難き状況故、やむを得ず十五万石の封土を幕府へ返上仕りたし。

というのである。

およそどこの藩主でも、どんな手段を講じてもその封土を死守しようとするのが通常であるのに、こうした内願をしてきたのだから、幕府の方が驚いた。

江戸家老の竹股美作を呼びよせて、仔細の事情を問いただした上、藩政再建に関するいろいろな指示を与えて封土返上をようやく断念させた。

もっともこれは、慰撫されることを予想して打った芝居だったかも知れない。たびたび幕府の工事手伝いを命じられたので、それを防止する下心からこうした方策に出たのだともいわれている。

ともあれ、幕府の意向にしたがって封土返上を中止した重定は、自分の力では到底藩政立直しは不可能と考えたのだろう。養嗣子の治憲が十七歳になるのを待ちかねて、隠居してしまったのである。

治憲は三万石の日向高鍋藩主秋月種美《たねみつ》の次男であるが、十歳の時、重定の養嗣子となった。少年の頃から聡明の評判が高かったが、年少で藩主の地位につくと、直ちに米沢の白子神社に誓文を奉納して、未曽有の大倹約政策をとることとした。

――平常着はすべて木綿衣とすること、食事は一汁一菜とすること、贈答は一切廃止すること、奥女中は九名に減少すること、諸儀式、仏事、祭礼、祝事などはすべて延期または取止めとすること、行列はもっとも簡略にすること。

などがその内容である。

治憲はこの布告を発するに当って、家臣たちの気をそこねないように、気の毒なくらい懇切丁寧な言葉をもって、その協力を求めた。

ところが、重臣たちの大部分が、これに大反対をした。

——こんなことをしては到底米沢藩の体面が保てない。

——主君は三万石の小藩に育って気持が小さく吝嗇《りんしょく》だから、謙信公以来の名家たる上杉家の家格が分らないのだ。

とまでいい出す始末である。

治憲は自らこれら老臣のひとりひとりに対して、熱意をこめて説得に当り、ようやく彼らの承認を得た。

治憲は、竹俣当綱《まさつな》と莅《まめ》戸善政の両人を改革政治の中心担当者として、強力に倹約方策を押しすすめていった。

むろん、ただ倹約をしただけではない。農民人口の確保をはかり、備荒制度を充実させ、開墾を奨励し、漆・桑・楮《こうぞ》などの増植を図り、養蚕業、絹織物業の発展に大いに力をつくしたのである。

にもかかわらず、改革反対の空気は依然として根強く、遂に安永二年（一七七三）いわゆる七家騒動といわれるものが勃発した。

＊

この年六月二十六日早朝、江戸から下ってきた江戸家老の須田満主《みつたけ》と、奉行職の千坂対馬、侍頭の長尾兵庫は、色部修理、清野内膳、芋川縫殿、平林蔵人らの重臣と共に登城し、治憲に面謁を申出た。

七人とも無気味な、不敵ともいうべき微笑をたたえ、床を出たばかりの治憲に、即刻言上の儀ありと要求する。

何事かと、急いで衣服を改めた治憲が表御殿に出てくると、須田が、

「殿よ、これを御覧ぜられたい」

と、七人連署の訴状を差出した。

内容は、竹俣当綱ら改革派のものを邪智奸佞の徒ときめつけ、こんな手合いを重用する治憲の政治はすべて的はずれの愚策と、きびしく弾劾したものである。

余りに過激な言葉がつらねてあるので、治憲が茫然としていると、須田たちは口々に恐るべき乱暴さで治憲を責め出した。

「殿は細井平洲などという儒者を国元へ連れてこられ、莫大な費用を教学につぎ込んでおられるが、文学などは武士を柔弱ならしめるのみでござる」

「殿御自身、木綿を身につけ、一汁一菜を励行しておられるが、そんな些々たることを重視されるのは藩主としてふさわしからぬ」

「殿が御自分で田植初めをやったり、五穀成就の祈禱をしたり、工事人夫をねぎらったりされるのは、すべて子供だましの政策に過ぎず、却って庶民の嘲りを招くのみじゃ」

「竹俣らを即時、罷免していただきたい。それができぬなら、われわれ一同袂をつらねて、即時辞任仕る」

正面切って主を蔑視するような七人の態度にもかかわらず、治憲は忍耐強く答えた。

「この訴状の内容は極めて大事だ。よく考慮した上、御隠居様（重定）とも相談して、しかるべく決定しよう」

須田たちは、それでも退かない。

「いや、即時、裁定していただきたい」

と、しつこく要求する。

治憲が座を立とうとすると、芋川が進み出てその袴の裾をつかんで、

「殿は三万石の秋月家の格式は御存知でも、十五万石の上杉の格式は御存知あるまい。大藩の主たるものは、このくらいのことは、即決さるるものじゃ」

と叫んだ。

次の間に控えていた近習の佐藤文四郎という青年が堪りかねて走り出し、

「芋川殿、殿に対して御無礼でござろう」

といいざま、芋川の手をはっしと打つ。芋川がひるむ隙に、治憲は走って妻戸口《つまどぐち》から脱出し、二の丸御殿に赴いて、養父重定に事の次第を訴えた。

重定は大いに怒り、直ちに近臣十数名を率いて本丸御殿に現れ、居据っていた七人の者に向って、

「その方共、治憲を若年と侮り、千万の無礼許し難い、即刻退去せい」

と命ずる。須田が、

「大殿、われわれは——」

といいかけたが、重定は、

「問答無用、去れッ」

と、一喝した。

七人はふくれ面をして下城していったが、病と称してそのまま、出仕しない。

治憲は、三日にわたって、訴状に示された四十五カ条を仔細に検討した上、大目付御使番以下の主だった監察職にある家臣を召集し、その訴状を示して一同の意見を問うた。

答えは一致していた。

「われわれは、殿の御方針を正しいと信じております。また、竹俣殿らに不正があればとっくにこれを糾弾しております。訴状の内容はすべて、中傷侮言と存じます」

というのである。

治憲は、静かに、

「ならば、彼らを処分しよう」

といったが、その断案は峻烈なものであった。

須田・芋川両名は切腹。

千坂・色部は隠居閉門、半知召上げ。

長尾・清野・平林は隠居閉門、三百石削減。

「殿は温厚な方だが、いざとなれば、なかなかやりなさる」

家中一同は肩をすくめた。

治憲の改革はその後順調にすすみ、米沢藩政は立直った。名君といえば、すぐに思い出される鷹山《ようざん》は治憲の号である。

鶴ケ岡城の反骨

明治維新の際、もっとも頑強に官軍に抵抗したのは会津藩と庄内藩とである。会津若松城は明治元年九月二十二日開城したが、庄内藩は同二十七日になってようやく降伏した。庄内の士族たちはずっと後までも、おれたちは徳川武士の意地を最後まで立て通したのだ、と誇っている。

この庄内藩というのは、元和元年最上家が改易となり、その旧領五十二万石が分割された時にできた藩である。信州松代から酒井忠勝が移ってきて、庄内十三万八千石を領することになり、鶴ケ岡城にはいった。爾来二百五十年にわたって酒井氏が領主だったので、領主と領民の関係は、かなりうまくいっていたらしい。

だからこそ、維新の際にも領内一致して官軍に抵抗できたのだろう。維新より二十七年前の天保十一年（一八四〇）に、幕府は酒井氏を越後に転封しようとしたことがある。この時も、庄内藩は朝野をあげて猛烈な大反撃を試み、遂にその計画を中止させてしまった。庄内人には、どこか図太い反骨精神があるらしい。

天保十一年十一月一日、鶴ケ岡城にいた庄内藩主酒井左衛門尉忠器《ただかた》のもとに、江戸から留守居役の矢口弥平が、早駕籠で馳せつけ、愕くべき報せをもたらした。

——越後国長岡へ転封
というのである。そして庄内には武蔵国川越城主松平大和守斉典《なりのり》が移ってくるという。

まったく夢想もしなかった、この天降りの命令に、鶴ケ岡城の一同は胆をつぶした。この報せが領内に知れ渡ると、百姓も町人もひとしく驚き呆れて幕府の処置を怒った。

「一体、これはどうしたわけだ」

問詰められた矢口弥平が、

「されば、私にもよくは分りませぬが、松平大和守の世嗣斉省殿の御生母は大御所（十一代将軍家斉）の愛妾お糸の方、大和守の勝手元が苦しくなったので、その方面から手を廻して、この庄内を手に入れようとしたものでしょう」

と、自分の意見を述べる。

庄内藩は当時極めて富裕な藩として知られ、有名な天保の大凶作にも領内に一人の餓死者も出さず他の諸藩から羨望されていたから、この推測はかなり根拠がある。

これに対して、

「いや、閣老水野越前守はかねがね、わが主君と気が合わず、何かと意地の悪いことをしていたが、大御所の歓心を買うため、大和守を庄内に移そうと考えたのだろう」

という者もある。これもまた、そう疑えないことはない。

いずれにしても酒井家としては、わずか表高七万石の長岡に転封となってはとてもやってゆけない。全藩をあげて、転封命令撤回運動を起こすことになった。

まず江戸にいた忠器の嫡子忠発《ただあき》が、妻室の父である田安斉匡《なりくに》と、大御所の寵臣中野碩翁に懇願して命令撤回の裏面工作をやる。

同時に諸大名に働きかけて、幕閣の不当な転封処分に抗議をしてもらう、大御所の閨閥政治には反感を持っている大名が多いから、必ず、これには同調してくれるものが多いであろう。

そして、もしこの工作が失敗して、転封が実現し、川越から松平大和守が移ってきたら百姓一揆を起こさせる。それも極寒烈風の日を狙って川北で蜂起させ、慣れぬ土地で進退に難儀する大和守の軍勢に対して一揆は猟銃をぶっ放して片っ端から撃ち殺す。その一方、大和守の政治に対する非難を四方に宣伝すれば、幕府としても大和守をどこかへ転封させ、再び酒井氏を庄内へ戻すほかはなくなろうという遠大な計画をたてた。

＊

藩としてこうした対策をたてると同時に、領民たちも、鶴ケ岡城と連絡をとりつつ、転封阻止の大運動を始めた。

中心になったのは酒田の豪商本間家である。本間家はたびたび藩主に献金し、藩の金融に参画し、藩財政を左右するほどの富力をもっていたが、苛烈な政治をやっているという評判の松平大和守がやってきたら、どんな目にあうか分らぬと怖れ、真っ先に転封反対運動に乗り出したのである。

本間家にはそうした理由があったにしても、一般の農民たちは、もっと純粋な気持で、二百数十年にわたって比較的善政を行ってくれた酒井家を「有難き殿さま」と考え、その転封阻止を切望したに違いない。

農民たちの運動は、まず本間辰之助を代表とする百姓十二名によって開始された。彼らは十一月二十三日、江戸に上って幕府に愁訴しようとしたが目的を果さず庄内に送り返された。だが、第二陣の直佐荒瀬二郷の百姓たち九名は、翌天保十二年正月十二日、大老井伊掃部頭直亮の登城を待ちうけて、訴状を提出することに成功した。

その後も、第七陣まで、つぎつぎに江戸に向って直訴のために農民が出発し、その総数は二百五十名を越えた。

領内においても、しばしば大会合を催して反対気勢をあげたり、神社に集団訴願をしたり、裸詣りをしたりする。

隣藩である仙台・会津・米沢の各藩領内にも、庄内農民代表が白衣をつけて現れ、転封阻止に協力してくれるように頼んだ。

——百姓たりといえども二君に仕えず、
というようなはげしいスローガンを記した旗を立てたことさえあった。

仙台藩主伊達陸奥守は、幕府に対して次のような意味の伺書を出している。

——庄内の百姓三百余人が領内へやってきて歎願するところを聞けば、まことに不愍《ふびん》の至り、落涙致した。一体、酒井家にどんな咎《とが》があって所替えになるのか、庄内百姓共一致して身命を抛つ気になれば、どのような企てを至すか分らず、近国のこと故、甚だ心許なし、転封のこと無期延期にはできぬものか。

内外の状勢ことごとく酒井家の転封に反対の様子をみて、将軍家慶《いえよし》は、ついに、転封命令の撤回を決心した。

川越藩主大和守の政治が甚だ不都合であること、大御所が愛妾の生んだ子に対してもたびたび勝手な命令を出していることなどを、将軍として反省したのであろう。水野忠邦は幕府の権威を損ずるとして大反対をしたが、将軍は自説を通した。

天保十二年七月十二日、ついに転封命令取消しが発表される。

この報知が鶴ケ岡城に達すると、城士たちは地にひれ伏して悦び、中には泣き出すものさえいたという。

領内の町民百姓たちも、神棚に酒餅を供えて、連日祝宴を張った。

江戸に上って大老・老中などに直訴を行った百姓たちは、当然法令を犯したものとして厳罰に処せられるはずであったが、実際は極めて寛大な処分で済んだ。

幕府の役人たちは、従来の直訴がすべて、領主の苛政を訴え、その処分を願っているのに対して、これは領主の善政をたたえ、移封を阻止しようとして身命を抛って直訴に及んだものであり、

――前代未聞のこと、百姓の亀鑑《かがみ》なり、

と、感心していたからである。

要するに、庄内藩上下一体となっての熱意と熱情とが幕府を敗北させてしまったのだ。

徳川の治世三百年の間に、無数の大名が転封命令を受けたが、一旦命令の出された後で取り消された例は、この庄内藩以外には一つもない。

その意味で、これは幕府の勢威が衰弱していたことを示すものともみられる。各藩が、それまでは絶対至上とみていた幕府の命令に、必ずしも従わなくなったのは、これ以後のことなのである。とすると徳川のために最後まで闘って忠誠を示した庄内藩が、徳川氏の権威失墜の先例をつくったことになるわけだ。

この皮肉な歴史を物語る鶴ケ岡城は今はまったく取り壊されて公園となり、わずかに堀址をのこすのみである。

久保田城のお百

久保田（現在の秋田）城主佐竹氏の第五代は佐竹義峯、若い頃から気儘な浪費家だったので、藩の財政は赤字つづきだった。

実子がなかったので分家の式部少輔家から義堅を迎えて養嗣子としたが、この義堅が早く死んでしまったので、義堅の子義真をその後嗣として迎えた。

寛延二年（一七四九）八月、義峯は六十歳で歿し、義真が十八歳で第六代城主となる。

同じ分家の壱岐守家の当主佐竹義道は、自分の倅の義明を城主にしたいと熱望していたので、頗る不満である。

義峯在世中、権威を振っていた重臣に那珂忠左衛門という男がいた。これが新城主になってから余り重要視されなくなっていたのに義道が目をつけ、自分の味方に引き込んでお定まりのお家騒動をひき起こした。

忠左衛門の愛妾にお百というのがいる。

お百はもともと秋田の船頭の娘だが、器量がよいので、京の山村屋に売られ、十四の時、祇園で座敷に出た。

美貌なばかりでなく怜悧だったので、大坂の富豪鴻池善右衛門に身請され、贅沢三昧の暮しをするようになったが、魔がさしたというのか、江戸から上ってきた津村門三郎という歌舞伎役者に夢中になった。

逢曳している現場を善右衛門が見つけたが、さすがは大家の主、

――それほど惚合っているなら、一緒になったらよかろう。

と充分の手切金を与えて自由にしてやった。

お百と門三郎は江戸へ下って愉しい日を送ったが、間もなく門三郎が病死。門三郎の兄の三升がしつこくつけまわすので逃げ出し、尾張屋清十郎の世話になる。

それも尾張屋の身内の反対で長つづきせず、再び芸者勤めをするようになったが、某日の座敷で会ったのが、那珂忠左衛門であった。

忠左衛門は故郷の女に江戸で会ったので大いに悦んだし、お百も忠左衛門の男振りに憎からず思う。

二人はすぐに結ばれた。

忠左衛門は帰国する時、お百を落籍させて連れ戻った。

ここでお百は意外なことを知った。

幼い時に別れたまま永年音信不通であった姉のお万が、佐竹義道の寵妾になっていたのである。

義道と忠左衛門とは、それぞれ姉と妹とを妾に持つことによって、ますます緊密に結びついた。

二人の陰謀は、義真を亡き者にして、義明をその後に据えようというのにある。

忠左衛門はその手段として、お百を使おうと決心した。

——お百、奥御殿に上がってくれ。

といわれて、お百が愕いた。奥御殿に上がれというのは、むろん、城主義真の閨《ねや》の伽《とぎ》をしろという意味なのだ。忠左衛門に惚れていたお百には、自分の女を主君の妾にしようとする男の心が理解できなかった。

——お許し下さいまし、それだけは。

と哀訴したが、忠左衛門はきかない。

——わしのためだと思って眼をつむってくれ。いや、この佐竹のお家のためだと思ってわしのいうことをきいてくれ、しばらくのことだ。

弁口に巧みな忠左衛門にいいくるめられて、お百はとうとう観念して奥御殿に上がり、義真の寵愛を受けるようになった。

義真は、その頃から急にからだが衰えた。生れつき余り丈夫なたちではないのに、お百を余りに可愛がり過ぎるからだというものもあった。

翌宝暦三年春、義真は死んだ。

――労咳（肺結核）と腎虚
典医はそう発表したが、誰いうとなく、

――毒殺
という噂が立った。そして当然のなりゆきとして、義真の側近に侍していたお百に疑惑の目が注がれた。

＊

義真が急死すると、壱岐守家から義明が迎えられて城主となった。

義道と忠左衛門の陰謀は成就したわけだ。

義真の死後、お百は忠左衛門に、

――お城を下がりたい。

と頼んだが、忠左衛門は許さなかった。新城主義明がお百の美貌に目をつけるだろうと期待したからである。

果して、義明はお百を愛した。

二代の城主の愛を受け、しかも先代毒殺に一役かっていると見られていたお百には、あらゆる悪評が浴びせかけられた。

ちょうどこの時、銀札事件なるものが勃発した。

再び権勢の座に復活した忠左衛門は、藩財政の窮乏を救うため、金銀貨の通用を禁じ、すべて銀札を以て交換することとしたのである。

その結果、銀札の価格は暴落し、物価は暴騰し、折柄の凶作と相重って、家中の武士も庶民も非常な困難にぶつかった。

この状況をみて、かねて忠左衛門一派に反対していた一門の佐竹図書や、家老の石塚孫太夫らは、江戸から帰国途上にある藩主義明に密使を送って訴えた。

訴状の内容は、忠左衛門一味が義真を毒殺したこと、銀札を発行して諸民を苦しめたこと、日常遊興にふけりおることなどを列挙したものである。

義明は城に戻ると、直ちに忠左衛門一味を召捕った。

忠左衛門にしてみれば、

——殿が城主になれたのは、私のお蔭ではないか。私に対して何ができるものか、
第一、義道殿が私を拋っておきはしない。

という気があるので、獄中にあってもたかを括《くく》っていたが、義道は全く知らん顔をしている。

——今さら、何ということを。

と、忠左衛門は歯がみして口惜しがったが、御膳番の大島左仲と典医久玄庵とが、忠左衛門に命じられて先君を毒殺したと白状してしまった。

——その元兇は、現主君の父義道殿だ。

忠左衛門は、そう呶号したかったが、かりにそれを口にしたとしても黙殺されるだけであることは明らかだ。

——ふん、古狸の義道どのに一本してやられたわ。

と諦め、いさぎよく斬首の刑に服した。

——お百も処罰すべきだ。

と騒ぐ者もいたが、大島や久玄庵も自白の中でお百の名は全く出していない。忠左

衛門もお百については一言もいわなかった。

事実お百が毒殺事件にどれだけの役割をはたしたかは不明である。おそらく、典医の調整した毒薬入りの飲食物を、それとは知らずに、主君に捧げていただけのことではなかったろうか。

——世間の噂がございます。お百どのを何とか処分せねば。

石塚孫太夫が義明にいったが、義明は、

——ばかなっ。

と、一蹴した。

しかし、義道の妾お万は、自分の妹をこのまま城においておくと、いつその口から義道と忠左衛門の関係が洩れるかも知れぬと心配し、お百を自分の屋敷に呼びよせて、義明には病気のため動けないと報告した。

その実、お百は、お万の手で、江戸へ還されてしまったのである。

江戸に戻ってからのお百については、何も分らない。おそらく何度も男にだまされて、侘しい生涯を閉じたことであろう。

後年、佐竹家の毒殺事件と銀札事件とをからめて、いわゆる佐竹(秋田)騒動なるものが、広く世に弘められたが、その中でお百は、稀代の妖婦として多くの男を惑わし、藩主を毒殺する悪玉になっている。
——妲己《だっき》のお百
という怖るべき名さえ与えられているが、実際のお百は、美貌の、怜悧な、しかしやや男に弱い欠点を持つ、気の良い女だったのではなかろうか。

松前城の井戸

松前藩第十代の藩主矩広《のりひろ》は、父高広が死んだ時、わずか七歳。家督はついだが藩政の実権が明石種直、細界貞利、酒井好種、吉田信顕、杉村治持ら重臣連の手中に握られてしまったのは当然のなりゆきであった。

矩広が十八歳になると、明石種直は自分の娘幾江を側室として閨房《けいぼう》に奉仕させた。幾江が嗣子を生めば、明石一派はいつまでも完全に藩政を掌握できるわけである。

正室にすることができなかったのは、矩広には先代高広の時に定めた婚約者がいたからだ。それも幕府老中のお声がかりで、京の公卿唐橋侍従在庸《ありつね》の妹雪姫とあっては、破約するわけにはゆかなかったのである。

矩広が十九歳の時、十七歳の雪姫は約束通り、はるばる北海道松前まで輿入れをしてきた。

京育ちの、公卿の娘の﨟《ろう》たけた美しい肌は矩広を陶然とさせた。その上雪姫は側室幾江とは比べものにならぬ優雅な、そして利発な女性であったらしい。

矩広が雪姫を熱愛し、幾江をほとんど顧みなくなったことは、明石一派にとって容易ならぬことである。もし幾江よりも先に、雪姫が嗣子を生むようなことがあれば彼らの野望は砕かれてしまう。

「どうする？」

「思い切って、非常の手段を講ずるよりほかあるまい」

明石と酒井らがひそかに相談した。

雪姫が原因不明の病にかかったのは、それから間もなくである。数日後、あっけなく死んでしまった。輿入れしてからわずか七カ月、むろん、毒殺されたのであろう。

矩広は最愛の新妻に死なれて、茫然とした。

何事も手につかず、ひたすら死んだ雪姫のまぼろしを追っているばかり、幾江などふり向こうともしない。

「殿、少々お気晴しに、城外など散策なされては」

と、重臣たちにむりやりにすすめられて、馬を城外に走らせたが、空虚な心はそんなことで慰められようもなかった。

が、或る日、大松前川を渡って東の台地にある武家屋敷町を逍遥している時、とある屋敷の垣根越しに洩れてくる琴の音を耳にとめた矩広は、馬上に伸び上がって屋敷内を見て、思わずあっと叫び声をあげた。

座敷に坐って琴を弾いている若い娘の、ふっとこちらを眺めた面差しが、雪姫と瓜二つだったからである。

城に戻ると直ちに、その娘を召出すように命じた。

娘は喬子といい、藩士丸山久治郎兵衛清康の妹である。丸山小町といわれていたこの美女は、否応なしに矩広の側室とされ、松江と呼ばれるようになる。

矩広の愛情がこの松江に集中したことはいうまでもない。

明石一派はこの様子をみて、またしても松江の毒殺を図ったが、奥女中の中には優しく美しい松江に同情する者が多いので、容易にその機会がつかめない。

奥御殿はいつしか、明石の娘幾江にへつらう一派と松江を守ろうとする一派とに分れたが、重臣を背景とする幾江派の方が権力が強く、事ごとに松江派に対してあくどい苛め方をした。

妹が奥御殿で苦しめられていることを知った兄の久治郎兵衛清康は、かねてから教えを受けている法幢寺の住職柏巌に、事情を告げて、

「何かの折、殿に右の旨、お話し頂ければ幸いでございます」

と頼み込んだ。

法幢寺は松前家代々の菩提寺である。

柏巌は、越後の産で神蔭流を極めた青年剣士であったが、二十一歳の時発心して仏門にはいり、松前に渡ってからは曹洞宗法源寺の積岩和尚について刻苦勉学その精励と学徳を認められて法幢寺六世の住職となった人物、時に四十歳の男盛りであった。

＊

柏巌は、矩広が寺を訪れてきた時、丸山久治郎兵衛から聞いたことを、それとなく話した上、前々から耳に入れていた明石一派の横暴についても、矩広に忠告した。

矩広も、明石たちの専横には快からぬものがあったから、柏巌の言葉には十分耳を傾け、松江のことにも気を配ってやることを約束した。

松江は、矩広からこのことを聞くと、法幢寺に参詣した折、柏巌に厚く礼を述べる。

「何か困ったことがあれば、いつでも相談に来られるがよい」

という柏巌に、松江は、

「はい、有難い御仏の教えも承りとうございます故、時々伺わせて頂きます」

といって城に戻ったが、柏巌を深く頼みに思って、その後は仏事に托して、しばしば法幢寺を訪れた。

奸智にたけた明石一派が、これを見のがすはずはない。入れ代り立ち代り、矩広の耳に毒を吹き込んだ。

「殿、誠に申し難きことながら、松江殿はしげしげと法幢寺に通われる様子、信心ならば結構なれど、噂によれば柏巌和尚と道ならぬ関係に陥っているとか――」

矩広は最初は一笑に付したが、あまりにたびたびいわれると、若いだけに嫉妬の炎がめらめらとわき上がり、疑惑の雲が黒々と立ち昇る。

ある夕、松江を相手に盃を手にしていた矩広は、松江の胸元に何かのぞいているのにふっと目をとめ、

「松江、それは何だ」

と、手を伸ばした。

「あ、これは――」

松江が思わず胸を押えて身を引く。矩広が素早く松江の胸元に手を差し入れて引出してみると、柏巌が自ら松江のために写してやった経文である。

「こやつ、柏巌の自筆を肌身に添えて――不義者め！」

かっと逆上した矩広は、一言の弁解もきかず、いきなり刃を抜いて松江を斬り倒した。

急命に応じて出頭した明石に、

「柏巌を処刑せい、松江の兄も同様」

と、興奮し切っていい放つ。

「丸山久治郎兵衛は直ちに処刑致します。しかし柏巌は当家菩提寺の住職、そのままでは死罪にはできませぬ。一応、流罪と致しました上にて」

と答えた明石は、部下に命じて久治郎兵衛を捕え、城中の井戸に投じて上から石の蓋をかぶせて生埋めにしてしまった。

柏巌は、熊石に流罪、身に覚えのないことながら、柏巌は泰然として熊石に赴き、門昌庵と名づけたささやかな草庵に住んで読経に余念もない。

明石らは、しかし、柏巌が江戸に訴え出ることでもあってはと恐れた。

「柏巌はもはや、菩提寺を追われた一僧侶、処刑しても差支えありませぬ」

と矩広をそそのかし、柏巌処刑のため、十六名の家士を熊石に送った。

死罪の宣告を受けた柏巌は、最後の願いとして、大般若経を朗々と誦し終ってから、従容として斬首された。

首を携えた一行が、その夜、江差町の円通寺に泊り、首桶を御堂の内陣において酒盛りをしていると、突然、その首桶から一筋の火焰が立ち上り、ぱっと広がってたちまち天井に燃え移り、寺堂は、ことごとく焼けつくした。

この後、松前家には不吉なことが相つぎ、矩広はえたいの知れぬ病いに悩まされ、毎夜、緋衣を着た柏巌の亡霊にうなされた。幾江は男子を生んだが間もなく狂死し、生れた子も夭折したため、後嗣邦広は江戸の一族から迎えるほかはなかった。

久治郎兵衛が生埋めにされた井戸は今もなお、大手門のすぐ近くにあって「闇の夜の井戸」と呼ばれている。闇夜になると久治郎兵衛の呪咀《じゆそ》の声がその井戸の中から物凄くひびき渡ったからだという。

附　江戸城論

戦わざる巨城

江戸という地名の語源についてはいろいろの説があるが「江の戸」すなわち、入江に臨んだ地点という意味であろう。

平安期末期に、秩父《ちちぶ》重継という武士が、この江戸の地に城を築いた。否、むしろ、居館、といった方がよいかも知れない。その正確な場処は分らないが、おそらく、入江に半島状に突出た台地――いまの皇居の本丸のあたりであろう。当時の入江、すなわち東京湾の最奥部は、現在の日比谷から皇居前広場あたりまで深く喰いこんでいたので、今の銀座などは、むろん海の底にあった。

後の江戸城本丸の地は標高二五メートル、三万二千平方メートルに及ぶ広さをもっているが、秩父重継が居館をもうけたのは、この入江に臨む断崖上で、四方に塀をめぐらし、物見用の櫓をおいた簡単なとりでで型式のものだったと思われる。

秩父重継はここを本拠としてから江戸氏と改めた。彼の子である江戸太郎重長のことは、『吾妻鏡』に出てくる。

始めは平氏側に立って頼朝を攻めたが、後には頼朝方に寝返って、武蔵の在庁職《ざいちょうしき》という重職を与えられた。

その後、江戸氏は約百九十年にわたって一族繁栄したが、足利時代に鎌倉の関東管領に反抗する反乱に加わって失敗し、一挙に勢力を失墜、一族も十六家に分れてしまい、ひと頃は江戸の居館も無人の廃墟となっていたらしい。

江戸の地が関東制圧のために屈竟の要害であることを見抜いて、再びここに城を築いたのは、太田道灌である。江戸太郎の時代からおよそ三百年経った長禄元年（一四五七）のことである。

これは江戸氏時代の居館に比べればずっと立派なものだったことは勿論であろう。詳しい記録は残っていないが、道灌と交友関係のあった僧侶の記したものによると、

――塁の高さは約三十メートル、けわしい崖の上に立ち、周囲には十数キロにわたって土堤をめぐらしている。塁の外には深い濠が掘られ湧水が流れ込んでいる。濠に

は巨木で櫓を架し、五カ所の城門は鉄をもって張り、墻《かき》は石でたたんである。三重の櫓が二十余、涸れることのない井戸五六個所、とされている。

城内は子城中城外城の三郭に分れていたというが、これはほぼ本丸・二の丸・三の丸に当るものと考えてよい。城下を流れる平川は、井之頭、善福寺、妙正寺の三池を水源とし、小石川の大沼を通じて、江戸湾に流れ込んでいたが、この平川の南岸に、城下町が発展した。

平川河口には海陸から諸国の商品が集ってきたし、多くの社寺も建立された。

だが、太田道灌治下の江戸の繁昌はわずか三十年しかつづかなかった。

文明十八年（一四八六）道灌は、ざん言にまどわされた暗愚な主君扇谷《おうぎがやつ》定正のために惨殺されたのである。

名将道灌を失った上杉家は衰退の一途をたどる。定正は落馬して死亡、あとを嗣いだ甥の朝良は隠居して伜の朝興に譲り、朝興は江戸城に住んだ。

大永四年（一五二四）道灌の孫に当る太田資高が北条氏綱に寝返って、江戸城を攻める。朝興は城外で戦って敗れ、河越（川越）方面へ脱走、江戸城は一日で落城した。

北条氏は、本拠として、この当時はおそらく日本最大の城だったと思われる小田原城を持っていたから、一日で落城したような江戸城に対しては、大した関心を持たなかったらしい。

留守番のような形で、遠山氏をおいた。

爾来七十年、江戸城は歴史上に大した役割をつとめていない。

この城が、一躍、時代の脚光を浴びて登場するのは、いうまでもなく天正十八年（一五九〇）の徳川家康入府によるのである。

小田原城の北条氏を滅亡させた秀吉は、その論功行賞の第一として、家康に北条氏の旧領二百四十万石の地を与えた。むろん、家康の旧領である東海道諸国はとり上げられる。

このいわゆる関東転封について、『徳川実紀』には、

——秀吉が広大な北条の旧領を与えたのは大度量のようにみえるが、その実、家康を、心服している旧領土から追い出すのが目的だった。関東で新領主家康に対する一揆が起こるのを機会に家康を片付けようと図ったのだ。

と記しているが、秀吉という男、それほど小細工をする人間でもないだろう。

関東の新領土の根拠地としては、誰しも小田原を予想していたのだが、秀吉の示唆によって江戸に決ったという。

広大な関東平野に睨みを利かせ、且つ、その経済的発展の中心となるためには、小田原より江戸の方が、地理的にみて遙かに優っていることは明白である。秀吉は、自分の根拠地として大坂を選んだのと同じ気持で、家康のために江戸を推したのであろう。

戦国初期、中期の城は、敵の攻撃に対して堅固に守ることが最大要件であるから、多くは険しい山上に構築された。しかし、戦国末期になると、城の役割は単に軍事的なものばかりでなく、数カ国にわたる大領国経営の中心として、政治的経済的にも優れた地勢上の位置になければ要ならない。ひとり陸上ばかりでなく、海上交通の路が広くひらけている地点であることも必要だし、豊かな背後地《センターランド》を控えていることも必要だ。

とすれば、西の大坂に対するほどの場所は、関東平野においては、江戸を措いてないと秀吉はみたに違いない。

家康も、それを充分に理解した。

転封がきまると、何びとも愕き呆れたほど敏速に旧領土を引き払った家康が、江戸城に入ったのは、天正十八年八月朔日《ついたち》である。江戸氏・太田氏・上杉氏・北条氏と四百数十年にわたって伝来されてきた城であるから、ともかくも一応のものであろうと予想していた家康家臣団一同は、完全にその期待を裏切られた。

北条氏の支城の一つとして、遠山氏の管轄下におかれた時代に、城の荒廃は著しかったのだ。北条氏がこの城を大して重要視しなかった結果である。

『見聞集』や『岩淵夜話別集』などに記されたところによると、

——城とは名ばかりで、とても城のようにはみえない。城の外廻りは石垣で築いたところなど全くなく、芝土居で竹木が繁茂している。城内には遠山時代の侍の家が残ってはいたが、上級建築のしるしである柿葺《こけらぶき》は一つもなく、全部が山地の民家にある板葺か萱葺であった。しかも籠城中、石火矢《いしびや》による火災を防ぐため、屋根の上に土をのせていたため、屋根が腐って雨洩りし、畳も敷物も腐っていた。玄関も板敷ではなく土間で、上り段には幅の広い舟板が二段に並べてあった。

というが、無住の城ならばともかく、遠山氏がずっと住んでいた以上、ちょっと信じられぬほどの荒廃ぶりである。

城下もひどくさびれてしまっていたらしい。

——萱葺の民家が百戸ばかりあっただけで、東の方の平地はここもかしこも潮のはいってくる萱原である。西南の方は、茫々たる萱原が武蔵野の果てまでつづき、どこを区切りとしてよいか分らぬさまである。

一同が呆れ、とまどっているさまが眼に見えるようだ。

だが、家康は泰然としていた。

——お城がこれほどみすぼらしくては、他家から使者のあった場合にもみっともない。

として、城の改築を第一にするよう進言した本多正信に対し、

——むだなこと、まず何よりも、家来たちの知行割りと住む家とを考えよう、

と、答えたという。

家康の江戸入城後も両三年は、奥州鎮定に引きつづいて朝鮮征討などが行われたため、築城工事は大した進展をみせていない。

本丸と二の丸の間にあった空堀を埋めて本丸を拡大し、城外西方の局沢《つぼねざわ》の寺院を移転させて西の丸の築造を行ったぐらいである。

この西の丸は「御隠居城」または「新城」と呼ばれた。これ以上の城作りは一時中止されている。秀吉の伏見城の工事分担が課せられたため、余裕がなくなったのであろう。

本格的な江戸城作りが始まったのは、いうまでもなく、秀吉の死後、家康が征夷大将軍に任ぜられ、名実共に天下の主権者となった直後である。

慶長八年（一六〇三）三月、家康は、江戸城拡大の基礎工事として、諸国の大名に命じて大規模な海岸埋立を分担せしめた。

神田山（駿河台・御茶水の丘陵）は掘り崩されて外島とよばれていた洲崎が埋め立てられた。現在の日本橋浜町から新橋付近までは、いずれもこうしてできた埋立地である。

こうして市街地を拡張しておいてから、江戸城そのものの大工事計画が発表されたのが、翌慶長九年六月である。

築城に必要な石を海路伊豆から運ぶため、石船の建造が、主として西国の外様大名に命じられた。加藤嘉明・山内忠義・加藤清正・池田輝政・福島正則・森忠政・黒田長政・有馬豊氏・京極高知・細川忠興・池田忠継・浅野幸長《よしなが》・鍋島勝茂・寺沢広高らの諸大名がその主たるものである。

普請奉行としては内藤忠清・貴志正久・神田正俊・都築為政・石川重次らが任じられたが、城全体の縄張りを立案したのは藤堂高虎であるといわれている。

藤堂高虎は、当時、加藤清正、加藤嘉明と並んで築城の三大名手とみられていた人物、しかも家康の側近、ブレーントラストの一人として重用されていた存在である。

築城工事は、天守台・本丸・外郭石垣・櫓・門などに分けて、それぞれの大名に割当てたが、いずれも徳川家への忠勤ぶりの見せどころと、大名自ら裁著袴《たつつけ》を着用して、工事場で指揮をとったので、驚くべきスピードで進捗した。

慶長十一年九月には、新将軍秀忠が新装成った本丸に移っている。

翌年からは、関東・奥羽・信越の諸大名を使って、天守閣の築造、東南部外濠の改修、大手門以下の諸門の建立が行われた。

主権者の城郭として一応恥かしからぬ程度の外観はこの時すでに出来上がっていたものとみてよい。

慶長十四年に江戸城を訪れたイスパニア人ドン・ロドリコ・デ・ビベーロはその『日本見聞録』の中で、次のように述べている。

――江戸城外郭の石垣は、四角形の巨大な石を、石灰その他の混ぜものを使わずに積上げたもので、幅はとても広く、ところどころに鉄砲を射つ穴がある。石垣の下には堀があって河水が流れ込んでおり、そこに釣橋がかかっているが、その構造の巧妙なことは、ほかに見たことがないほどだ。門をはいると、内側に二列の銃隊が迎えてくれたがその人数は千人以上とみえた。

――第二の門をはいると、わが国のテラプレノ（塁壁）に似た形の塀があり、二つの門の間は約三百歩、この門の処には槍を持った四百人ほどの一隊がいる。第三の門

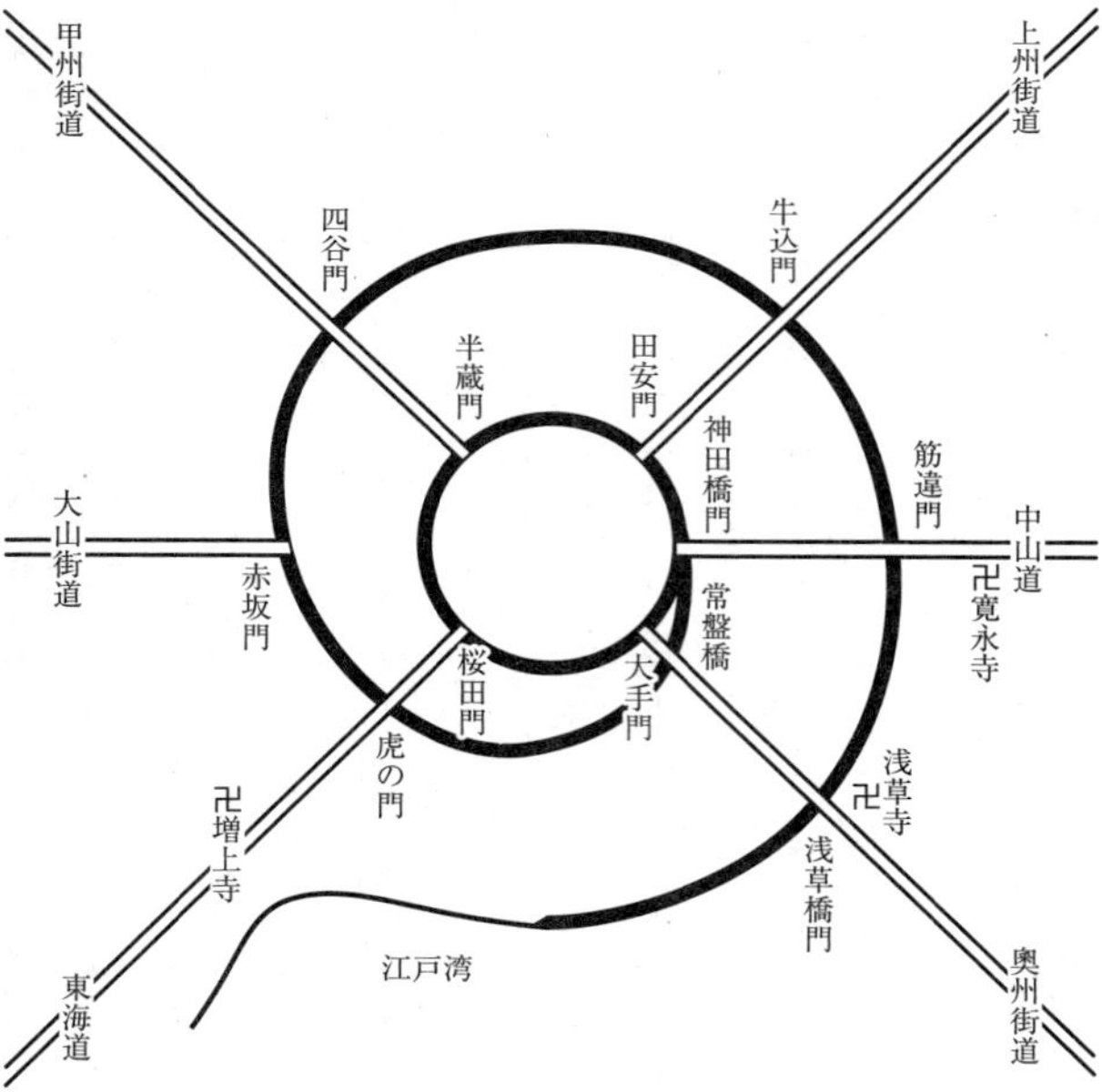

江戸城・左巻き渦巻型の外堀

を入ると、石垣の高さは三・六メートルもあり、兵士の家は三つの門の空地に集っている。よく肥えた馬が二百頭余も飼育されていた。反対側には武器庫があり、黄金作りの鎧・槍・刀・銃などが十万人分も備えてある。

——進んで宮殿に入ると、第一室は畳という清らかな敷物がしきつめられており、その縁は金繡の繻珍《しゅちん》やビロードで飾ってある。壁には金銀その他の絵具で狩猟の絵が画かれており、天井も同じく木地もみえないほどである。この第一室が最も立派な部屋であると思っていたところ、第二室第三室と進むにつれ、ますます立派になり、ますます美しくなった。そして最後の大広間の上段に、将軍が金の刺繍のある真赤な絨緞を敷いて坐っていた。

異国人の描写は常にやや誇張されがちであるとはいえ、相当な偉観であったにちがいあるまい。

しかし、江戸城は決してこれで完成されたのではない。最後の仕上げともいうべき第三期の大工事は、大坂役の終った後、元和六年（一六二〇）から開始され、将軍が家光に代ってからも継続され、寛永十六年（一六三九）に至ってようやく完成したものと見られている。家康入国以来約半世紀にして天下の覇城はその全貌を示したのである。

この第三期工事の主な点は、(1)江戸城の東北部に当る外郭を整備し、外堀を切り通したこと、(2)内部の諸門、桝《ます》形を構築し、西の丸庭園を整備したこと、(3)三の丸を狭めて二の丸を拡張し、城の西北部外郭の堀を新開したこと、などである。

これで江戸城をめぐる外堀を順にたどってゆくと、左巻きの渦巻型になる。日本全国でこの渦巻型の総構えをもった城は、江戸城と姫路城だけだという。但し、姫路城は右巻きの渦巻型である。

いずれにしても、この総堀に囲まれた地域全体が、広い意味の江戸城であって、決して現在皇居と呼ばれている地域だけが江戸城の全部なのではない。

なお、一般には寛永末期をもって江戸城の総構えは完成したものとみられているが、これには反対説もあり、江戸城総構えは未完成のままに放置されたのだという見方もあることは注目すべきである。

つまり、家光時代に完成した江戸城は、外堀に囲まれた山の手の防備は堅固だが、江戸湾に直面する海の手は、極めて弱い。当然、幸橋から浜離宮に至る間と、浜町河岸・月島・八丁堀・三十間堀の線にも土手と石垣がなくてはならないのが、築造に至らずに終っているというのである。

おそらく、これは、家光の治世に至って徳川家の覇権全く安定し、江戸城を包囲されるような心配がなくなったこと、海岸に面した商業地区が塀や石垣で断ち切られると海上からの物資陸揚げに支障を来たすとみられるに至ったことなどのためであろう。

事実、平和は二百数十年にわたって継続し、国内の叛乱によって江戸城の防備についての現実の問題が起こるようなことはなかったが、脅威はまず外国からやってきた。

嘉永六年(一八五三)黒船の渡来が、これである。

黒船が江戸湾の奥深くに侵入して、直接に江戸市街に向って砲撃を加え、更に上陸して進攻してきたらどうするか。

海上方面に対する防備の欠陥は、この時、痛感された。慌てて、江戸城前面の海上防衛要塞として築城されたのが、いわゆる「御台場」である。

江川太郎左衛門らの立案により、品川の御殿山などを掘りくずして、昼夜兼行で築営に当った。最初は十一カ所の予定であったが、約十カ月の間に五カ所を完成。あと二カ所未完成のまま、工事を中止した。幕府財政の窮乏と、開国方針に転換したことのためである。

江戸城は外堀に囲まれた広大な外郭と、内堀に囲まれた内郭とに分たれている。内郭は、本丸（二の丸・三の丸を含む）及び西の丸（紅葉山を含む）と北の丸、吹上の四部分から成っている。一般には、江戸城という言葉はその内郭だけを指す狭義の意味に用いられることが多い。

本丸は将軍が居住し、且つ政務をとるところで、二の丸・三の丸を含めると、九万四千坪に及ぶ広大なものだ。本丸御殿の面積は、表御殿一八、二〇〇平方メートル、大奥二四、四〇〇平方メートル、その他を合せて四三、九〇〇平方メートル、すなわち一万三千三百坪に及ぶ。

ついでながら明治宮殿は四一、九八〇平方メートルであり、戦後再興された新宮殿は二二、九〇〇平方メートルである。

この本丸は標高海抜一〇メートル、天守台の附近は最も高く海抜二五メートルに及んでいた。

文久三年（一八六三）本丸の殿舎は焼失したが、幕末緊迫の時世のために再建されず、西の丸が将軍居館とされた。明治に入って宮殿が築かれたのもこの西の丸であり、以後引きつづき、旧西の丸が皇居の中心的地域となった。

その西の丸は元来、将軍職を退いた大御所、あるいは将軍世嗣の居住するところであった。このつづきに紅葉山があり、ここには東照宮を始め歴代将軍の廟や宝蔵があった。面積六万八千坪。

吹上は始めの頃は御三家や親藩譜代の有力大名の邸宅があったところだが、明暦の大火以後、これらの邸のすべてを撤去して約十三万坪に及ぶ大庭園とした。

北の丸は、本丸北部に接する地域で、武家屋敷や米蔵が設けられていたが、後には御三家の中、田安、清水両家の邸がおかれた。

天守閣は、前記のように、本丸大奥の北隅の高地に建てられた五層のものであった。南が正面で、土台の石垣は南北三六・五メートル、東西三三メートル、石垣の高さは六メートル。天守閣の第一層は三百三十六坪、二層三層と次第に狭まって、第五層は約九十二坪。屋根は瓦葺で、外壁は漆喰の塗り込めである。

最上層の屋根に輝く金のシャチは高さ一丈、横六尺五寸、石垣の下からこの金のシャチの頂上まで計ると、五一・五メートル、むろんわが国最大の天守閣であった。

この天守閣の入口を囲んで、南北約十二間、東西約十三間の小天守閣があり、ここを通らねば、天守閣にははいれないようになっていたという。

——曇った日には、五重目は霞んでよく見分けられない。

とは、『落穂集』に見える江戸城天守閣礼讃のやや大袈裟な言葉だが、たしかに一大偉観であったに違いない。

残念ながら、これは明暦三年（一六五七）正月十八日の大火で焼失した。このいわゆる振袖大火では本丸・二の丸は、殿舎を始め城中の主な建物は全焼したが、風向きが変って西の丸殿舎だけは助かった。しかし、市街は六〇％以上焼失し、大名の邸宅五百、神社仏閣三百を失い、死者十万人を超えた。

その後いくたびか天守閣再建の議が起こったが、それには莫大な費用を要するし、

——天守閣は必ずしも必要なものではない、

という反対論が勝を占めて、ついに再建されずに終ってしまったものである。

この反対論は正しい。

天守閣が城の外形美を整える上にはあった方がよいし、また、遠くを眺望するには便利であることは確かであるが、城本来の性格からみて絶対に必要であるかといえば、必ずしもそうではない。

終戦後の城ブームに乗じて各地でコンクリート製の天守閣の復興が行われ、天守復興すなわち城復興だと考えているものさえいるようだが、とんでもない話である。

天守閣は城中の一建造物に過ぎないのだ。

元来、築城工事は、普請と作事に分れる。前者は土木工事で、後者は建築工事である。土木工事、つまり城普請が行われるためには、城全体の設計が考えられなければならない。これが「縄張り（経始《けいし》）」とよばれるものである。

城の本当の価値は、この縄張りにある。

自然の地形を利用して、塀と塁とに囲まれた曲輪《くるわ》（郭）を形成する上に防備の妙をつくすこと、すなわち縄張りこそ城の本質的部分なのだ、その郭の中に、どんな天守や櫓や殿舎をこしらえて、塁上にどんな塀をつらねるかは、いわば第二次の問題である。

天守閣など無くとも、縄張り自体のすぐれた城は名城である。大坂城の天守閣は、寛文元年焼失して以来、復興されなかった（現在のものは昭和六年の復興模造品である）。しかし大坂城の価値は天守閣の不在によって何の影響も受けていない。

江戸城も、明暦以後は天守閣のない城となったが、そのこと自体はその城としての価値をいささかも傷つけるものではなかった。

天守閣以外に、十九の櫓があり、その中七つが三重、十二が二重だったというが、現在残っているのは、本丸の富士見櫓、三の丸の桜田櫓、西の丸の伏見櫓の三つしかないし、それも関東大震災で大破したものを、コンクリートで外観を主として復興されたものである。

江戸城をめぐる堀は全長二六キロメートル（外堀一五、内堀一一キロ）、堀の幅は平均すると六〇メートルぐらいだが、最も広い部分は一〇〇メートルを超えており、特に千鳥ケ淵では一六〇メートルに及ぶ。

外堀のほとんどすべてが埋めたてられたり、高架道路の下になったりして昔の姿を失ってしまっているのは残念だが、内堀の大部分がまだ旧状を残して、都内に残された最後の美しさとなっているのは嬉しい。

ただしこの堀とこれに影を落としている石垣との美しい調和した姿も、いつまで保てるか怪しいものである。

現在、竹橋から北拮《はね》橋門に向う左手の堀の向い側に聳える石垣は、極めて見事に築かれている。本丸背後の地域として、最も厳重な防備を必要としたからであろう。北拮橋から西南方に廻ると西拮橋に達するが、この本丸西側も石垣の高さは二二メートルに達している。

ところが、桜田門から半蔵門に至る間の塁は土手の上部にだけ石垣をきずいたもので、いわゆる「鉢巻土居」である。ここらを築造する時は、城の堅固さよりも、城の美観の方に重点がおかれるようになっていたのであろうか。尤も、その代り、この地域は、堀の幅が最も広く九〇メートル以上となっているから、それで補っているのかも知れない。

現在皇居前広場となっている広い地域は、西の丸の下郭であり、ここに老中や若年寄の役屋敷がおかれた。桜田門・馬場先門・和田倉門を出口とする。

その東方の大名小路郭は、文字通り大名屋敷のあったところで、日比谷・数寄屋橋・鍛冶橋・呉服橋などの城門に囲まれていた。

大手前郭は、その北に当る地域で、城の大手外廻を占め、常盤橋・神田橋・一ツ橋・雉子橋の城門を虎口とする。

これらの城門をみると、桝形門すなわち、一つの桝形に二つの城門がつくられているものが多い。この石塁を盛土におきかえたものが「喰違い」といわれるもので、現存するのは赤坂弁慶橋附近のものだけである。

また一般に三十六見附と称して、江戸城に三十六の城門があったかのようにいわれることがあるが、江戸の城門の数は決してこれだけに限られない。幕末には九十二門あったという。三十六見附というのは、それらの城門の中の重要なものだけを指したものである。

これらの諸門の中、内郭の大手六門の警備は、厳重を極めた。本丸玄関前の中雀門は書院番与力・同心、中之門は持弓・持筒頭《もちづつがしら》与力・同心、大手三之門は鉄砲百人総頭与力・同心が、それぞれ鉄砲二十五、弓二十五を持って守った。また、大手門は十万石以上の、内桜田門は六万乃至七万石の、西の丸大手門は十万石以下六万石以上の、いずれも譜代大名が受持ち、鉄砲・弓・長柄槍・持筒・持弓をもって警備に当った。

これほど警戒していたにもかかわらず、城内に忍び入り、富士見櫓の下あたりにあった「御金蔵」を破った奴がいる。

幕末の安政二年のこと、二人組の怪盗が石垣を超えて忍び入り、金蔵番同心二十人が、交代で見廻っている中を、まんまと合カギで金蔵を破り、千両箱を四個盗んで去ったのである。

この天晴れな盗人、野州無宿の富蔵と浪人藤岡藤十郎とは、惜しいことに捕えられて、翌々年、磔刑になった。

江戸城は、その内郭だけで大坂城の内郭・外郭をそっくり入れてしまえるほどの規模を持つ、日本史上未曽有の大城郭である。その構築には、家康・秀忠・家光の三代五十年の歳月と計上し難いほどの莫大な費用を必要とした。

だが実際にこの費用のほとんど大部分を支出し、尨大な労力を提供したのは、徳川氏自らではなく、麾下の諸大名だったのである。

工事は各大名に、天降り的に分担せしめられた。慶長八年の大工事においては、既に述べたように豊臣系の外様大名が主として命を受け、その財力の消耗と忠誠の証しとを強要された。

豊臣系外様大名は、江戸城の外にも名古屋城・高田城などの工事を分担させられていたから、内心大いに憤っていたに違いない。

名古屋城築造の際、福島正則が、

——家康の妾の子の城まで造らされるのでは堪らぬ、

と不平をいうと、加藤清正が、

——不満なら、国へ帰って籠城の用意をしろ、弓矢で争う気がないなら黙って働け、

と、たしなめたという。

秀忠による慶長十二年の拡張工事は、これも外様の奥羽諸大名に分担させたが、三代家光による寛永年間の総仕上げ工事は、御三家一門・譜代・外様の諸大名は勿論、三河衆・遠江衆・伊勢衆・五畿内衆・美濃衆などの比較的小身者までも総動員され、文字通りの「天下普請」となった。

江戸城完成後も、石垣や堀の一部が破損したりすれば、必ず大名に助役を仰せつけたことはいうまでもない。

こうした助役に当って、幕府側から、補助金として多少の金額は下附されるのは勿論だが、実際の入費はその何十倍かに当る。その費用の捻出は、諸大名にとって身を切るような辛いものだった。

毛利家では慶長十一年の工事分担に当って予算を使い果し江戸家老から国許に向って、

——至急、金子送られたし、

と飛脚が飛んだ。

これに対して、毛利輝元自筆で書いた、

——とりあえず工面した銀五十貫を送る。残りは京大坂堺の町人より借入の上送付す、
という返書が残っている。

同じこの毛利家が、慶長十七年にも助役の命を受けたので、家臣に知行百石につき銀百匁ずつの供出を命じた。家臣の中には自分の知行を抵当にして藩から借金してその責任を果したものが少なくなかったという。

毛利家は関ケ原役後、旧領八カ国百二十万石から防長二カ国三十六万石に削減され、財政窮乏は目に見えていたにもかかわらず、幕府はこの苛酷な助役要求を重ねたのだ。そうした痛憤遺恨が、幕末になって爆発し反幕の火蓋を切ったのである。

毛利家ばかりでなく、多くの大名が大なり小なり同じような目にあっている。江戸城の石垣の一つ一つに、それらの大名の恨みがこもっているといっても過言ではないだろう。

ところでこのような巨大な築城には、多くの場合、工事の困難・行詰りに伴って、因縁めいた物語、例えばいけにえの人柱とか怨霊とかのエピソードが附帯するものだが、その点、江戸築城は比較的明朗に行われた。

地形上、そんなに困難な工事はなかったし、天下普請として万人の目にさらされた

作業だからであろう。

ただ、ずっと後になって、あるいは人柱が埋められたのではないかという議論が出たことがある。

大正十二年、関東大震災の時、二重橋の奥の伏見橋の石垣が崩れたので修築工事にとりかかったところ、八個の白骨が発見された。

——いずれも地下に両手を組合せて直立し、頭や肩に穴あき銭を一枚ずつのせているところからみて、生きながら埋められた人柱に違いない。

と、新聞社も報道し、築城当時の人柱だとする説が強くなった。

しかし、その後の調査によってこの説は否定された。おそらくこれは、工事中事故で死んだ者の死体を集めて埋葬したものだろうという。あるいはまた、もともとこの地は局沢《つぼねざわ》といって十六の寺院があった地点である。西の丸築城に当って寺院は移転したが、その墓地に当るところが残っていて、それが露出したのだろうともいう。

工事中の事故というのも案外多い。慶長十九年夏、大暴風雨がつづいて、浅野家の築いた石垣が崩壊した時など、百五十人の人夫が集団圧死をとげている。

この時、浅野家のつづきの石垣はびくともしなかった。これは加藤家の受持ったものので、加藤家は清正以来石垣構築には抜群の技術を持っている。埋立地で地盤が悪いとみると、カヤやアシを束にして地面一帯に敷き、その上に土をかぶせ、更に小石を撒き、その上を踏みならして地固めをした上、石垣を築くという方法をとったのである。

石垣や堀の工事、すなわち普請は、武士とその指揮下に立つ人夫の作業であるが、郭内の建築、すなわち作事は、大工の仕事である。江戸城内の多くの建築も、中井大和、鈴木近江を始め、多くの著名な御用大工がその任に当った。

その代表者ともいうべき中井大和正侶《まさとも》はもと大和国の土豪出身の武士だが、五畿内及び近江の大工・杣《そま》・職人一万六千人の支配を委ねられている大棟梁であった。

城内の最大建築物である本丸御殿は、慶長十一年（一六〇六）に建築されてから明暦三年（一六五七）、享保十六年（一七三一）、弘化元年（一八四四）、安政六年（一八五九）、文久三年（一八六三）と五回炎上し、改築を加えると七回も建て直されたが、基本的形式に変化はない。

本丸御殿が、表向・中奥・大奥の三つに分れていたことは周知の如くで、表向は幕府の中央政庁、中奥が将軍の公邸、大奥が御台所《みだいどころ》以下の女人の生活するところである。表向と中奥はつづいているが、大奥は隔離され、御鈴《おすず》廊下によって連絡されているだけである。

本丸御殿の総建築面積は、合計して一万一千三百七十三坪という尨大なものである。殊にその半ばが女人の住居として独占されていたことを考えると、将軍の生活が、結局後宮によって左右されるに至ったことは当然のことといえるであろう。

本丸御殿の玄関の式台を上ると、御徒《おかち》の詰所である遠侍《とおざむらい》、それを西に進めば大広間に出る。これは正式の儀式が行われる最も重要な場所で、上段・中段・下段・二之間・三之間・四之間・溜之間・医師溜の各部屋に分れ、合計四百畳を超えるものだ。

大広間の西南から松之廊下につき当ると白書院、竹之廊下の奥が黒書院、どちらも公式ではあるが比較的内向き儀式に用いられる部屋で、武家屋敷の対面所に相当する。

両書院の東側は、柳之間・雁之間・菊之間・芙蓉之間・山吹之間・つつじの間・紅葉之間・檜之間など諸大名や役人の着席の場所となっている。

黒書院の奥が中奥となり、将軍の居室である御座ノ間・御小座敷を主体とし、側近の詰所、勝手台所が属する。

御小座敷から御鈴廊下を渡ると大奥。

大奥は、さらに御殿向・広敷向・長局向の三つに分れる。御殿向は将軍の寝所や夫人の居室・対面所・化粧間・仏間などからなり、広敷向は大奥の事務を扱う奥向役人の詰所である。

長局は大奥の女中たちの住所で、長い廊下に沿って女中たちの部屋がずらりと並んでいた。多い時には数百人に及んだという。

西の丸の御殿は本丸御殿に比べると、規模はやや小さいが、ほぼ同じ構成を持っていた。文久三年本丸焼失後、この西の丸御殿がそのまま将軍居館となったことは、既に述べた通りである。

徳川氏の江戸城は、創建以来、戊辰役に至るまで二百七十余年にわたって、一度も攻囲されたこともなく、一度も銃火の洗礼を受けたこともない。

すでに完全な天下の主権者として建造したものであり、戦国城郭のような軍事的な堅固さや防衛の見地ばかりでなく、泰平時の政治経済の中心地としての要請にも応える壮大美麗な城であった。

城郭の本来の価値が、武将の本拠の防衛能力にあるとするならば、一度も実戦に遭遇しなかった城郭の価値の判断は極めて困難である。

また、実戦に当っては、城そのものの価値は、そこにこもる主将の如何によって全く異なる結果をみせるのだ。

どんなに優れた縄張りを持つ名城でも、愚劣な城主や、卑怯な主将の手にあっては、容易に陥落してしまうものである。

その顕著な例を一つあげよう。

伏見鳥羽の戦いに、旧幕軍は薩長軍と戦って敗れた。しかしこの時、大坂城は健在であり、前将軍慶喜はなお三万に近い兵を動かし得たはずである。もし慶喜がこの時、大坂城に立てこもって、敢然として薩長軍と戦うことを決意したならばどうであったろうか。

大坂城は天下の名城である。薩長軍はわずか数千に過ぎない。おそらくこの城を短期間に陥すことは不可能だったであろう。その中に、関東・奥羽から旧幕方の援軍が大挙上京してきたならば、戊辰役の前途はどのように展開したか分らない。

しかるに、慶喜は、前線部隊の敗北に意気沮喪し、夜にまぎれて大坂城を脱出し、海路江戸へ逃げ帰ってしまった。

こんなだらしのない主将の下では、どんな名城もどうしようもない。大坂城は戦わずして薩長軍の手に陥ちてしまったのだ。

しかし、無血開城したからといって、大坂城がつまらぬ城だということにはならない。この時の大坂城は、徳川秀忠時代に、豊臣秀吉によって築かれたものを下敷きとして再築されたものだ。そしてその秀吉の大坂城は、少なくも慶長十九年の冬の陣においては、全天下の大軍をひき受けて闘い抜き、講和まで持ち込んでいる。

名城に決死の士がこもれば、容易に陥せるものではない。

孤城、よく征討官軍を喰いとめて、まる一カ月に及んだ会津若松城や、名にし負う薩摩隼人の精鋭を対手に力戦、ついにこれを守り抜いた熊本城などは、名城がそれにふさわしい守備者を得た場合の例であろう。

江戸城はその長い歴史の最後において、たった一度、その城郭としての価値を実際に試みることができたと思われる機会を与えられた。

むろん、戊辰役、東征官軍が江戸に迫ってきた時である。

——いわゆる官軍は、その実、幼沖の天子をさしはさむ薩長軍に過ぎぬ。断乎闘うべし、徳川の名を惜しみ、三百年の恩顧を思うものは、断じて屈服するな、と叫んだ主戦論者がいたことはいうまでもない。箱根の険を扼《やく》して闘い、海上兵力を以てその背後を攪乱し、更に海路大坂湾を襲えという雄大な案も出た。

少なくも江戸城にこもって、潔く一戦を交うべしという論も強かった。だが、如何せん、肝心の城主は、大坂から蒼白になって逃げ帰ったばかりの慶喜である。闘志は全くない。

——ひたすら恭順

と称して、上野寛永寺に引きこもってしまう。

これでは闘いようがない。江戸城は最後のチャンスを喪い、刃に血ぬらずして官軍の手中に帰した。

江戸の無血開城は時代の流れに沿ったものであり庶民の惨禍を救った意味においても、喜ばしい結果であったことはいうまでもない。

だが、仮に、慶喜がここで抗戦意欲を揮い起こして、最後の決戦を試みようと決意し、実行したとしたらどうであろうか。

江戸城外郭の弱点は、江戸湾に臨む方面にあるのだが、この時、徳川方の海軍力は官軍側よりも遙かに優勢であり、長駆して官軍の背後を衝こうと考えたぐらいだから、海上からの脅威はない。むしろ、海上から、東海道を進軍してくる官軍に大打撃を与え得る。

城内に集め得る兵力も、東下してきた官軍に匹敵するぐらいは、この時点においては充分に集め得たであろう。

新鋭の兵器はフランスが充分に提供するといっていたのだ。そのことの可否は別として入手は可能である。

徳川麾下の旗本、親徳川の大名が、一体となって江戸城に立てこもり、外郭において闘い、それが敗れたとしても、内郭において闘ったとしたならば、果して江戸城は陥ちたであろうか。

その間に会津を中心とする親幕列藩の援兵が大挙馳せつけて、官軍の背後をつく形勢を見せたならば、官軍も囲みをとくのやむなきに至ったのではないか。

『尉繚子《うつりようし》』という兵書に、

――それ必ず救けの軍あるものは、必ず守るの城あり、必ず救けの軍なきものは、必ず守るの城なし、
といっている。救援軍のある城は必ず守り切れるが、救援軍期待絶無の城は必ず陥ちるというのである。

西南の役の熊本城は前者の例であり、大坂陣の大坂城や会津若松城は後者の例である。

江戸城は、慶喜が守る気力さえ持てば、会津以下の大援軍の到来は期待できたろうし、しばらくは守り通せたのではないか。江戸城が全く脆弱《ぜいじやく》な城であるならばとにかく、軍事的にみても、官軍の攻撃に、そんなにたやすく崩れ去ったものとも思われない。

むろん、天下の大勢はすでに決しており、人心も徳川氏を去っている。結局は薩長軍に打ち破られたであろうが、江戸城の城郭としての価値はこの場合どの程度発揮さ

れたか、見てみたかったような気もする。

ともあれ、現実には、江戸城は戦わなかった。否、これを守って闘うだけの勇気と機略とをもつ城主にめぐり会わなかった。そのお蔭で一発の銃丸も受けることなく、城郭としての運命を終結した。

江戸市民のためには悦ぶべきことであったろうが、城の歴史としては甚だ物足りない感じがしないでもない。

あとがき

私は古い城址を見て歩くのが好きである。全国の主な城址はたいてい見て回った。外国に行っても、都会には余り興味をもたない。主として地方の古城を訪ねる。しかし、何と言っても、日本の古城の方が、尽きせぬ感慨を喚び起こすことは否定できない。旧観保存の状態から言えば、外国のそれの方が遙かに良いのだが。

これは恐らく、日本の城については、その城と城下の町とが織りなした歴史の流れが、私の頭の中に深く入り込んでいるからであろう。文化的遺産はすべて、それをめぐる人とのかかわり合いにおいてこそ、後世の人々の心をより強く打つものなのだ。

ここには、北は松前城から南は鹿児島城にいたる全国三十の古城にまつわる秘話裏話伝説記録などを、とりどりに選んで集めてみた。いずれも、古城を舞台に展開された哀しみと憤りと、怨念と呪詛と、闘いと血汐との物語りである。隠密がひそみ、裏切りが行われ、亡霊がさまよう。男装の女武者が戦場を馳せ、淫虐な城主が狂刃をふるい、妖艶な側室が奸謀をめぐらす。

どこでも手当り次第に開いて読んで頂きたい。そこに凄絶な人間絵巻の一こまがくりひろげられるであろう。

執筆に際して参照した多くの参考書については特記しない。ただ「戦わざる巨城」二三二ページに収録した江戸城図形は、内藤昌氏の名著「江戸と江戸城」所載のものによったものであることを附記して謝意を表する。

南條範夫

解説　古城に秘められたロマンを追う

伊東潤

空前のお城ブームである。二〇一六年から開催されている「お城ＥＸＰＯ」には、会期三日で二万人前後のお城数寄が集まり、今までは見向きもされなかった僻地の山城が、土日となると多くのマニアで賑わっている。

実は、私も無類の城数寄である。これまで全国六〇〇以上の城を訪れ（再訪を含めると一〇〇〇近い）、様々な角度から城というものを見てきた。もちろん、本書に登場する城の大半に行ったことがある。

こうしたお城ブームを見越していたとは思えないが、南條範夫氏の『古城秘話』は昭和六〇年（一九八五）に初版が刊行されている。城イコール天守だと思っている人が大半の当時としては、画期的なことである。

南條氏は「あとがき」で「私は古い城址を見て歩くのが好きである」と書いている

ように、お城数寄の草分けと呼んでいいだろう。

また同じ「あとがき」では「(古城が) 尽きせぬ感慨を喚び起こす」とも仰せなので、現在、増加の一途をたどっているお城数寄と同じように、そこに中世を生きた人々の息吹を感じていたのかもしれない。

そんな南條氏が、古城にまつわる説話や伝承を収集し、小説家ならではの解説や会話文などを駆使して紹介したのが本書である。

内容に入る前に、本書の位置付けに触れておこう。

南條氏は一九五〇年代から六〇年代にかけて、いわゆる「残酷物」で一世を風靡《ふうび》した小説家である。代表作は『武士道残酷物語』(一九五九) や『被虐の系譜』(一九六三) などで、そのキャリアには、物騒なタイトルの作品が並んでいる。だがその筆致はどうかというと、意外におどろおどろしさはなく、どのように感情が激する場面でも冷静さを失わず、淡々としたものが多い。

本業が経済学の大学教授であり、趣味で書いていた小説執筆が高じてプロ作家になったという南條氏の経歴からすれば、外科医のようにクールな作風は当然なのかもしれない。

南條氏の大半の作品は小説、すなわちフィクションだが、本作のような史実・説話・伝承に基づいた作品がある。こうしたものは、史伝と呼ばれるジャンルに分類される。

史伝とは「歴史上の事実に基づいて書かれた伝記」のことで、今で言えば歴史ノンフィクションのことだが、その対象は人物だけでなく（人物の場合は評伝という）、特定の事件もあり、史実や定説を物語風に書いていくことにより、多くの読者に歴史への興味をかきたてる効果がある。つまり史伝は、物語によって歴史の面白さを知った読者の興味を史実の世界へと誘うブリッジの役割を果たしていたのだ。

ここで「いたのだ」と過去形で書いたのは、明治後半から大正にかけて全盛期だった史伝というジャンルが戦後昭和には衰退を始め、平成に入ってからは歴史研究本の隆盛によって消滅しかかっているからだ。

この史伝という分野には、歴史の流れを時系列に書き綴るオーソドックスなものと、人、事件、物（本作の場合は城）をテーマにし、一編ずつが独立している列伝スタイルのものがある。

この列伝の名手が本書の著者である南條氏であり、また同時代を生きた小説家の海音寺潮五郎氏である。また松本清張氏の代表作の一つである『昭和史発掘』も、この分野に含まれるだろう。

海音寺氏には史伝文学を復興させたいという望みがあり、『武将列伝』や『悪人列伝』などの名作と呼ばれる史伝を執筆した。

南條氏も海音寺氏に劣らぬ「史伝の名手」であり、本書や『大名廃絶録』『武家盛衰記』といった名作を残している。

個人的な好みからすると、海音寺氏の講談調の語り口よりも、南條氏の研究家風のクールな語り口が好きなのだが、本書ではそうした鋭鋒を抑え気味にし、古城にまつわる説話や伝承を小説調の会話を交えて記しており、それが無類の面白さを醸し出している。

一つだけ付け加えると、本書は南條氏も「あとがき」で述べているように、「古城にまつわる秘話裏話伝説記録などを、とりどりに選んで集めてみた」ものなので、中には明らかに史実から逸脱しているものもある。だが、こうした「秘話裏話伝説記録」といった類のものこそ、当時の空気をうまく伝えているのだ。

それでは内容に入っていこう。

まず本書は三〇の城にまつわる説話や伝承と、「附 江戸城論」として『戦わざる巨城』という論考が追加されている。初出が雑誌連載ということもあり、一編は文庫本で七ページと短いが、どれもさらに詳しく知りたいと思わせるものばかりなのは、南條氏の筆力の成せる業だろう。

掲載順序は南の城（鹿児島城）から北の城（松前城）へという形を取っており、全国の城を網羅的に取り上げようとしている。

それぞれの城の話も多彩で、まさに諸国のストーリーテラーが、その腕を競い合っている感がある。むろんこうした説話や伝承を、一流作家の解説や会話文を交えて読めるところに史伝の面白さがある。

まずオープニングの『鹿児島城の隠密』から、読者は強烈な一撃をお見舞いされる。この逸話は実在のある有名人が隠密としても有能だったという話だが、ありがちな話の中にも、隠密という仕事の厳しさや悲哀が漂ってくるところが秀逸である。

続く『熊本城の首かけ石』は城造りにかかわる復讐譚で、南條氏得意の残酷物的オチが利いている。

『原城の裏切者』は天草四郎をめぐる画家の妄執を描き、『佐賀城の亡霊』や『松江城の人柱』は怪異譚、『福山城の湯殿』は艶話といった具合でバラエティにも富んでいる。

とくにバカ殿の絡んだ話は多く、中でも『明石城の人斬り殿様』や『福井城の驕児』は、封建制の愚かさを如実に物語っている。

南條氏は同じ列伝形式の史伝である『大名廃絶録』の冒頭でも、多くの文献を駆使して改易や減封に処された大名家を統計的に分析しているが、「無嗣絶家」に次いで多いのが「狂疾」だという。あまりの狂疾の多さに、南條氏は「一門親族や家臣のために政策的に狂疾と言うことにされてしまったものもあったと思われる」と書いている。そこまで行かなくても、父親の死や隠居によって若くして当主になることで、突然〝たが〟が外れ、やりたい放題やってしまったバカ殿がいたことも確かだろう。

逸話の中には戦国時代のものもある。

『鳥取城の生地獄』は、「鳥取城の渇《かつ》え殺し」として有名な籠城戦を題材に取った一編だが、南條氏の筆力によって、その凄惨さがいっそう際立つようになっている。

「陰暦の九月にはいって天候が急変し、寒い風が吹き出すと共に死者はますます増加したが、その肉は忽ちの中に処理され、城のここかしこに、髪の毛のべっとりついた髑髏や、雨に打たれて白くなった手足の骨などが散らばっていたが、それを見る人の目はうつろであった」

っている。

鬼哭啾啾《きこくしゅうしゅう》たる有様を描かせたら右に出る者のいないその筆致は、ここでも冴えわたっている。

不条理と言えば『金沢城の鮮血』もひどい話で、人間の嫉妬という業の深さを嫌というほど見せつけてくれる。側室と密通しているという疑いを懸けられた武士が、殿様の命によって斬殺されるのは致し方ないとしても、側室とお付きの女中五人の目をくりぬいて城中を歩かせるところまで行くと、狂気の沙汰である。

『江戸城の白骨』はミステリアスな一編。関東大震災によって崩れた伏見櫓の下から出てきた八体の白骨が何を意味するのか。人柱だとしたら数が多すぎるし、築城の際の事故で死んだ者たちをまとめて埋葬したものだとしたら、伏見櫓の下というのも縁起が悪すぎる。

研究家の意見としては、その地はかつて寺のあった場所で、埋葬されていたものに気づかず櫓を建てたのではないかという。だが将軍の城を建てるというのに、そんな簡単な調査をなおざりにするだろうか（基礎工事の時に絶対に分かるはず）。そこで南條氏が推理を働かせるのだが、それについては、本書を読んでのお楽しみとしたい。

『若松城の叛臣』は実際にあった事件だが、「会津四十万石に代えても自分を裏切った家臣を引き渡してほしい」と幕府に陳情する加藤明成（嘉明の息子）の執念には舌を巻く。しかも引き渡してもらった後の処刑法の残虐さは、同じ武士に対するものとは思えない。

『松前城の井戸』は、嫉妬に狂った藩主の妄執を描いた秀逸な話である。これなどは中編小説になるぐらいの悲哀に満ちた物語だが、南條氏は惜しげもなく列伝の一つとして紹介している。

本作で取り上げられた一つひとつの逸話には、古くから各地に伝わってきた「秘話裏話伝説記録」の生命力の強さが感じられる。

そして最後の「附 江戸城論」『戦わざる巨城』になるが、こちらは江戸城に関する当時の研究をまとめたものだ。しかし、小説家が書いたとは思えない極めて精緻な論考となっているので、当時から飛躍的に研究の進んだ現代にあっても、全く色あせていない。南條範夫恐るべしである。


私事で恐縮だが、私も南條氏や海音寺氏の史伝を読みながら育った世代なので、列伝形式の史伝には、こだわりがある。それが高じて、私自身も『城を攻める　城を守る』（講談社現代新書）『敗者烈伝』（実業之日本社）『幕末雄藩列伝』（KADOKAWA）といった列伝形式の史伝を三作も発表している。

これらの作品は、海音寺氏や南條氏の史伝をすべて読み、読者は何に惹《ひ》きつけられ、また自分の独自性をどこに置くかを綿密に検討した上で筆を執った。

歴史小説家による史伝の執筆は、今後も続いていくだろう。だが、本作の面白さを凌駕できる作品が出てくるかどうかは分からない。というのも「秘話裏話伝説記録」のいかがわしさや妖しさが、南條氏のクールな筆致によって料理されることで、独特の妙味を醸し出しているからだ。

この作品集と出会った幸せを噛み締めつつ、一編一編を味わうように読んでいただきたい。

本書は一九七四年四月に『南條歴史夜話 古城悲話』として芸術生活社より刊行され、一九八五年一月に『古城秘話』として河出文庫より刊行された。

本書のなかには今日の人権感覚に照らして不適切と思われる語句がありますが、差別を意図して用いているのではなく、また時代背景や作品の価値、作者が故人であることなどを考え、原文通りとしました。

暴力の日本史　南條範夫

上からの暴力は歴史を通じて常に残忍に人々を苦しめてきた。それに対する庶民の暴力はいかに興り敗れてきたか。残酷物の名手が描く。（石川忠司）

秀吉はいつ知ったか　山田風太郎

中国大返しに潜む秀吉の情報網と権謀を推理する「秀吉はいつ知ったか」他「歴史」をテーマにした文章を中心に選んだ奇想の裏側が窺えるエッセイ集。

戦国美女は幸せだったか　加来耕三

波瀾万丈の動乱時代、女たちは賢く逞しかった。武将の妻から庶民の娘まで。戦国美女たちの素晴らしい生き様が、日本史をつくった。文庫オリジナル。

弾左衛門と江戸の被差別民　浦本誉至史

浅草弾左衛門を頂点とした、花の大江戸の被差別民の世界に迫る。ごみ処理、野宿者の受け入れなど現代にも通じる都市問題が浮かび上がる。（外村大）

江戸百夢　田中優子

世界の都市を含みこむ「るつぼ」江戸の百の図像（手拭いから彫刻まで）を縦横無尽に読み解く。平成12年度芸術選奨文部科学大臣賞、サントリー学芸賞受賞。

幕末単身赴任 下級武士の食日記 増補版　青木直己

きな臭い世情なんてなんのその、単身赴任でやってきた勤番侍が幕末江戸の〈食〉を大満喫！　残された日記から当時の江戸のグルメと観光を紙上再現。

「幕末」に殺された女たち　菊地明

黒船来航で幕を開けた激動の時代に、心ならずも命を落としていった22人の女性たちを通して描く、もうひとつの幕末維新史。文庫オリジナル。

江戸へようこそ　杉浦日向子

江戸人と遊ぼう！　北斎も、源内もみ～んな江戸のワタシラだ。江戸人に共鳴する現代の浮世絵師が、イキイキ語る江戸の楽しみ方。（泉麻人）

大江戸観光　杉浦日向子

はとバスにでも乗った気分で江戸旅行に出かけてみましょう。歌舞伎、浮世絵、狐狸妖怪、かげま……。名ガイドがご案内します。（井上章一）

合葬　杉浦日向子

江戸の終りを告げた上野戦争。時代の波に翻弄された彰義隊の若き隊員たちの生と死を描く歴史ロマン。第13回日本漫画家協会賞優秀賞受賞。（小沢信男）

その後の慶喜　家近良樹

幕府瓦解から大正まで、若くして歴史の表舞台から姿を消した最後の将軍の〝長い余生〟を近しい人間の記録を元に明らかにする。（門井慶喜）

世界漫遊家《グローブトロッター》が歩いた明治ニッポン　中野明

開国直後の明治ニッポンにあふれる冒険心を持って訪れた外国人たち。彼らの残した記録から「神秘の国」の人、文化、風景が見えてくる。（宮田珠己）

島津家の戦争　米窪明美

薩摩藩の私領・都城島津家に残された日誌を丹念に読み解き、幕末・明治の日本を動かした最強武士団の実像に迫る。薩摩から見たもう一つの日本史。

それからの海舟　半藤一利

江戸城明け渡しの大仕事以後も旧幕臣の生活を支え、徳川家の名誉回復を果たすため新旧相撃つ明治を生き抜いた勝海舟の後半生。（阿川弘之）

サンカの民と被差別の世界　五木寛之

歴史の基層に埋もれた、忘れられた日本を掘り起こす。漂泊に生きた海の民・山の民。身分制で賤民とされた人々。彼らが現在に問いかけるものとは。

辺界の輝き　五木寛之　沖浦和光

サンカ、家船、遊芸民、香具師など、差別されながら漂泊に生きた人々が残したものとは？　白熱する対論の中から、日本文化の深層が見えてくる。

サムライとヤクザ　氏家幹人

「男らしさ」はどこから来たのか？　戦国の世から徳川の泰平の世へ移る中で生まれる武士道神話・任俠神話を検証する「男」の江戸時代史。

きよのさんと歩く大江戸道中記　金森敦子

江戸時代、鶴岡の裕福な商家の内儀・三井清野のゴージャスでスリリングな大観光旅行。総距離約２４２０キロ、旅程１０８日を追体験。（石川英輔）

読んで、「半七」！　岡本綺堂　北村薫／宮部みゆき編

半七捕物帳には目がない二人の選んだ傑作23篇を二分冊で。「半七」のおいしいところをぎゅぎゅっと凝縮！　お文の魂／石燈籠／勘平の死／ほか。

カムイ伝講義　田中優子

白土三平の名作漫画『カムイ伝』を通して、江戸の社会構造を新視点で読み解く。現代の階層社会の問題が見えると同時に、エコロジカルな未来も見える。

ちくま文庫

古城秘話《こじようひわ》

二〇一八年二月十日　第一刷発行

著　者　南條範夫（なんじょう・のりお）
発行者　山野浩一
発行所　株式会社　筑摩書房
東京都台東区蔵前二―五―三　〒一一一―八七五五
振替〇〇一六〇―八―四一二三
装幀者　安野光雅
印刷所　明和印刷株式会社
製本所　株式会社積信堂

乱丁・落丁本の場合は、左記宛にご送付下さい。
送料小社負担でお取り替えいたします。
ご注文・お問い合わせも左記へお願いします。
筑摩書房サービスセンター
埼玉県さいたま市北区櫛引町二―六〇四　〒三三一―八五〇七
電話番号　〇四八―六五一―〇〇五三

ISBN978-4-480-43496-8 C0193